皇明文衡卷之二十一

賛

龍馬賛

西南夷自昔出良馬而產於羅鬼國者尤良
即古之鬼方其地有養龍阬在兩山之中泓渟深闊
靈氣而蛟龍實藏其下當春日始和物情酣暢夷人立柳
阬泮擇牝馬之貞者繫之已而雲霧晦冥咫尺不能辯色
類有物蜿蜒上與馬接蓋龍云逮天色開霽視馬傍徬之
沙有龍跡者則與龍遇謹其芻𥶡而節宣之暨產必獲龍
駒焉每若洪武四年六月壬寅夏國主明昇以全蜀降獻
良馬凡十而其一色正白乃得之於阬者身長十有一尺
首高九尺足之高比首而殺其二尺有肉隱起項下約厚
五分廣三寸餘貫膺絡腹至尾閭而止精彩明晃振鬣一
鳴萬馬爲之辟易驕勒不可近近輒作人立而吼上謂天
既生此英物必有神以司之親撰祝筴　詔有司以牲牢
祀于馬祖然後敕典牧副使臣高敬囊沙四百斤壓之人
跨囊上使其游行䋣中久之性漸柔馴適八月癸巳
上將行夕月之禮於清涼山壇上於是乘之而出如躡雲
而馳一塵弗驚
皇情悅豫賜其名爲飛越峯復命御用監直長臣馬晉臣
繪其直形藏焉臣濂稽諸載籍漢之元鼎中有神馬出渥
洼水中馬之生於水者尚矣養龍之說雖相傳於夷人要
當可徵不誣也肆惟
皇上以大德而位大寶日之所出日之所沒無不梯山航

海獻贄奉琛逥者獨角之犀來自九眞食火之鷄貢于三佛齊之境其他佹形儵狀藉藉紛紛且不一而足而況此水產之龍馬乎周書有云不寶遠物則遠人格所寶惟賢則邇人安

皇上宵衣旰食日懷保於小民巖穴之士蒐羅殆盡將圖治安如黃虞時其遐荒殊裔珍鯑奇產未嘗有心求之所以榮光休氣洋溢中國仁聲義聞充洽八表而龍媒之異自致於天閑十二之中揆之於書前聖後聖蓋同一軌轍也其視貳師之遺黷武窮兵以索諸大宛者果爲何如哉臣濂以文字爲職業際茲盛美不敢默而無言謹述贊辭一首以貽諸後世贊曰

天駟熒蛟龍升靈泓澄神馬生祥飈瑞靄晝杳冥天一翕聚通精靈龍胡髯漢郊祀志龍垂胡髯胡乃頸下垂也盈冕聽輕竹披耳鏡懸睛花雪捲毛光照夜汗溝有血霞流赬振鬣鳴萬馬驚閃流電逐飛星九霄彷彿從龍行但聞蕭蕭風雨聲三川平八極寧眞龍媒獻

龍廷出入天門駕龍輧太霞五彩滿瑤京皇風淸

皇道貞

皇威明茫茫堪輿內孰敢不來庭陋彼漢將軍空壘貳師城乃知

天子在樹德不必連年徒用兵

滕奉使贊

齊人王蠋有言曰忠臣不事二君烈女不更二夫女之從人一與之醮當終身不改譬之白璧小有玷辱人將斥去

而不之顧臣之事君也其理亦同故蠋特竝言之事兩夫者雖辨如虞姬智如鄧曼吾知其決非良婦事二君者雖功如汾陽唐郭子儀封汾陽王才如西平唐李晟封西平王吾知其決非良臣嗚呼使此義昭如白日人臣安肯懷二心而國安有喪亡之禍哉東陽滕茂實當宋靖康初以太學正與僉書路允迪奉使於金議割三鎮太原稟奉密詔據城不下金人怒囚之雲中欽宗北遷茂實謁見涕泣請從行主者不之許其後允迪南歸茂實獨留鴈門終身不再仕臨没令以黃幡裹屍而葬仍刻石識云宋使者東陽滕茂實墓此殆不事二君者與當是時有宇文虛中者亦以黃門侍郎使金見留遂改節易行反面事虜其後雖欲奪兵仗南奔而自贖卒亦不逃君子之譏其視吾茂實果何如也茂實已

矣人至今想其遺節如神龍不可得見至視虛中輩不啻若鬼蜮犬豕有識妾婦亦羞聞之此無他人心天理終不可誣也乃作滕奉使贊用規事君而有二心者贊曰

漢有蘇武奉使不屈滕公配之有聲烈烈黃旛裹屍以全臣節如璧之白弗緇弗缺其人雖亡而神不滅上游帝所凌厲日月降臣見之肝碎膽裂敢述贊辭勒在貞碣

溟涬生贊

溟涬生者盱江廖應淮海學也抱負奇氣好研摩運世推移及方技諸家學年三十游杭上疏言丁大全誤國狀大全怒中以法配漢陽軍生荷校行歌出都門道傍觀者嘖嘖壯之抵漢江濱遇蜀道士杜可大揖曰子非廖應淮郎生愕然曰道士何自知之可大曰宇宙大虛一塵爾人生

其間爲𧈫幾何是茫茫者尚了然心目間矧吾子耶然自
邵堯夫以先天學授王豫天悅天悅死無所授同董王梲
中末百年而吳曦叛盜發其冢得皇極經世體要一篇內
外觀象數十篇余購盜得之今餘五十年數當授子吾俟
子亦久矣乃言于上官脫其籍盡敎以冢中書其筭繇聲
音起生神鑒穎利可大指畫未到者生已先意逆悟可大
自以爲不及學旣成去隱宣歙間遇余安裕弋陽將敎之
安裕勸生業中庸生瞠目厲聲曰俗儒幾辱吾康節於地
下矣復去之杭客賀外史家畫市大衍數夜沽酒痛飲飲
即吐吐即飲不醉如泥弗休醉中嘗大叫曰天非宋天地
非宋地奈何奈何語聞賈似道遣客叩之生曰毋多言浙
水西地髮白時是其祥也似道未解復召至屏人與語生

曰明公宜自愛不久宋鼎移矣似道惡其言掩耳走生亦
徑出過曾淵子家索酒轟飲酒酣作嬰兒啼曰大厦將焚
燕猶呢喃未已耶復賦歌以見意都人士聞之競指以爲
怪民不與接獨太學生熊瞬聖猶時造其廬生私執熊手
謂曰吾端居層樓闚空中戎馬百萬來人鬼作哭泣聲壬
中襄樊陷甲戌宮車晏駕乙亥長江飛渡似道亦殛死臨
漳丙子三宮播遷諸王大臣皆南北亂走噓吸事耳子不
去欲何爲居亡何宋事日非沿江州郡望風奔潰生大慟
曰殺氣又入閩廣中吾不知死所矣遂遁去其言無一不
驗後四年病死處州學中年五十二無子唯一義女從之
生宗堯夫先天之學頗自謂知易每見諸易師傳疏不問
淺深輒訕駁以爲樂及論後天則尊羲畫爲經彖爻繫辭

爲傳黜文言彖象二傳爲九師之言且謂說卦非聖筆不能作上下繫乃門人所述序卦直漢儒記爾葢生聰明絕人未聞道而驟語數故其論經多失中然性使酒難近又好訐人陰私人面頸發赤不顧罕有從其學者唯國子簿吳浚進士彭復樂師之浚不卒業復屢受唾斥不怨生將道時召復至口發例手布籌雖平昔所靳若終身不示人者一舉授復復後又授鄱陽傳立云或曰生瀕死語女曰吾死後一月中朝命山姓鳥名使者來徵吾及傳立立當過予門汝可出藏書示之立當以此致大官後皆如其言所謂山姓鳥名崔鵬飛也生所著書有玄玄集曆髓星野指南象喻統會聲譜畫前妙用數十萬言今猶閒傳於世

贊曰

龍圖成章有文從衡以濬以明以洩其藏以奠乎玄黃昔我素王韋編三絕墜緒微茫誰其我綴我恭我腴九師襄之我苞我晶百氏攘之如河之渾如櫝而昏如治絲以棼天未降割一髮攸存維洛有士居于百原超神冲漠凝於畫先數往知來小大斯甄莫峻匪崖我陟其顛莫深匪淵我淪其泉簡材以畀非隱弗傳有宜者冢卒昭以宣或得其捐載神子言炎炎宋籙維其訖矣長星蝕柳色之赤矣青祥見徵士髮白矣朋昏以世莫之戚矣魚在在藻尚其息矣維生之知中如沸羮彼惛弗知覆謂我狂我狂如何我憂孔多我山我河我用弗磨俾淪胥以訛我酒既嘉我瑟又龢我寧不嘯歌北風其涼旂旐央央戎車龐龐蕩蕩江流航之如陸有腥其穢流血沃沃海氣方殷其何能目人有恒言風雨漂搖夏宇障之

涉于大川烝徒楫之楫副宇橈子子爲依國武斯隊不知攸戒日傾弗升雖晝作夜鶉舞於林鬼瞰于舍孰投是鄭會莫之艾乃愁乃驚乃膽乃行乃遯死于冥睠生之爲胡乃神以著徽之古聖匪程伊度何以言之卒淪于數一曲之淹不通其故易道既泯數亦不類激贊於生發我長喟月出皎兮在天之心在天之心何言何今

陸秀夫像贊

身抱龍髯兮眼不見水鳳闕雖遐兮龍堂則邇玉雪皦如兮肯汙泥滓赤日出海兮爾心不死

文官花贊　胡翰

草木之植鍾美於天地者見於古今者其品多矣大率以不恒有爲瑞以不多得爲貴華平賓連紫脫闔闢國家之瑞也擴代始有之揚之瓊花潤之玉蕊天下之美也豈世所多得哉物皆然今鎮江其地即潤也范氏世居之爲望族有花曰文官先世所植也自吳中富人及京洛公卿之家斥苑囿飾亭館競一花一卉之奇以夸示世俗極游觀之娛者往往求若是花蔑乎未有聞也當唐之世唯學士院有之其曰文官意亦以是邪范氏世業儒以詩書起家爲令宰任司臬者衣冠相望於宋元二百年之間其於是花亦有不期而符者邪天地生物自形而色白者不能以爲緋碧者不能以爲紫今以一植而具有其美一日而遷爲之變其得於造化之妙非人力能致之唐人以戎王子爲異花若文官乃異花也夫以造化所鍾之異天下不多得之物而又植於衣冠之族又有名公卿如辛幼安者本

其所自而書之製爲樂府以歌之雖謂之美瑞可也而會不廁於瓊花玉蘂之列者蓋范氏故閥閱也其花先世所植手澤也非若蕃釐招隱老佛之宮瓊花玉蘂人得趨而見之使人得而見之有力者將取而去之矣則范氏珍之宜至而傳之不廣也天下之物負其所有不自見於世者皆是類也余老矣於世無所好顧以平生不知有此花一旦聞之可爲寡陋之歎不能無幼安豪發之情焉乃述其事以貽其後人從而爲之贊曰

泰園委和嘉植挺生抱素含貞揚采代榮如彼命服品秩有章下民所望君子之光我徵前聞厥類匪一瑞木四照神芝五色不貴異物邇種厥德于古有訓君子是式

靈峰寺植木贊　劉基

靈峰寺有松杏與樸並植焉劉子見而感之爲作贊曰

杏葉蔥茸有子可以實籩松枝扶疎有苓可以引年樸狀如樗衆蠹所穿擁腫液瞞不可以鑴胡並植于庭涵厥醜妍明堂求材般趨爾先松戕杏割樸獨宛然嗚呼樸乎孰女之憐維女之全抑棄於人乃獲乎天耶

宋景濂像贊　王褘

外和而神融內充而面睟衣冠雖晉人之風氣象實宋儒之懿夫其知言以窮天下之理養氣以任天下之事隱則如虎豹之在山出則類鳳麟之瑞世後乎千載而有存中乎兩間而無媿此蓋古君子之所難然吾謂斯人之必至

筮作贊有序　唐肅

予子之津欲筮而無蓍請以竹代之予曰易謂聖人之德

幽贊神明而生蓍則蓍固靈矣然地無蓍可廢筮乎屈原
離騷云索藑茅以筳篿漢方技傳亦有筳篿須臾孤虛之
術說者曰筳竹算也楚人以結艸折竹卜爲篿然則楚人
之筳篿以無蓍歟夫蓍蔡產也大龜可卜者出於蔡上有
蓍百莖下必有靈龜守之蔡非楚地故以筳代蓍而卜焉
今越去蔡尤遠蓍或不能致則放筳篿之法無害況吾所
以質諸神者在誠不在物之違旣作之因爲贊俾刻其櫝
云辭曰
祝蜥蜴以祈雨龍之同類也禁原蠶以助牧馬之同氣也緊
竹之視蓍均艸彙也虛中弗窒又圓其外也虛則有靈具乎
智也蓍百莖而同本合萬殊爲一致也以有代無理或弗悖
也爰韜爰櫝受命則出也載瞻載畫吉凶以示也於戲泰筮
神明之攸寄也曷竹曷蓍惟秉誠之無貳也

太師韓國公畫像贊　　蘇伯衡

堂堂韓公秉國之成鴻業以定經費以盈羣賢以進百度以
貞四夷以服品物以亨公初無作孰得而名天實生之光輔
大明天下之士睹其儀刑想其風采不謀同聲曰漢蕭何唐
之玄齡功成而退不伐不矜袞衣朱鳥安享尊榮蒼顏白髮
時遊大廷其德日新其福日增
天子萬壽共享太平

宗忠簡公畫像贊

公之力足以旋乾而轉坤公之功足以攘夷而安夏始以一
言能返北旆而南還後以二十四疏不能回南轅而北駕且
留鑰之任方切而巧言遽入於帝聰度河之志未酬而大星

已殞於中夜何人之於公則知媢嫉而天之於公則不知假借此有志之士百世之下所以想英風而激昂拜遺像而悲咤也

象山陸先生贊

趙東山

儒者曰其學似禪佛者曰我法無是超然獨契本心以俟聖人百世

敬贊先正誠意伯畫像

劉仲璟

虬髯靁目探天根兮斡地軸扶龍興雲四方以肅以生民休戚爲憂喜以大道晦明爲榮辱武功既成而文治未盡其用者蓋天也耶抑人也耶

田疇贊有序

方希古

智勇人之所有也善用之爲難忠義人之所慕也審處之爲難天下非無豪傑之士而功不見著於世何耶豈其智勇之不及忠義之沮喪歟用之失其時處之違其機者衆也荀彧不用於曹操則可以比子房董卓呂布不爲逆亂則可追韓彭康丹王尋爲漢而死則有以與周奇等而皆不免於君子之誅其迹同而其所爲異也漢末之亂酷矣余求奇士於其時得一人焉曰田疇忠不避難勇不畏死奮然感劉虞之遇而思爲之報讐公孫瓚既亡謂可以盡力者漢室而已故應曹操之辟既而知操非忠漢者也故辭封侯之爵介不同俗清不悖倫忠在樹功義不苟合其才良其行果蓋豪傑之士非當時奸雄所及也論者眩於成敗使操以可功見取而疇之志義不大章明於後世豈不謬哉孟子曰人有不爲也而後可以有爲若疇者庸非

其人耶其不成功者命也豪傑之士制於命而不獲施者夥矣善觀人者觀其志不觀其事觀其器不觀其位由是而言士之不幸者獨疇乎哉吾是以悲而贊之其詞曰

古之觀人不於用舍考其所存以第高下譬諸龍駒垂首糞車豈以其賤斥之爲駑齊侯千駟如南面王仲尼之嘆夷齊有光漢季分爭得國者操吾獨何爲田疇是悼操雖據國大亂之雄殺后無君天下不容矣若君疇忠義蓋世委質劉虞身死靡二使受之命爲漢大臣殺操復漢必不顧身嗚呼鄙夫惟利是就誰能爲儔我與爲友

翰林待制華川王先生畫像序贊

傳曰國之將興必有禎祥其得人之謂乎故善觀國者不觀其甲兵之雄財粟之多土地之大而觀其得人賢否誠得其人弱可强敗可成不得其人雖威力富庶敵於海內亦不免於亡天將授人以天下亦必授之以守天下之器賢者之所在天下之所歸也當 國朝之始興地界於羣雄之間最微矣然是時有數君子者皆起而從之識者已知天命所屬既而或以功業定亂或以文章贊化卒能合四海於分裂之餘不越十年遂致平治嗚呼是豈非天哉烏傷王先生充在數君子中博辨通達以文章名

上之爲吳王授江南儒學提舉司教理陞禮部侍郎兼引進使轉起居注出同知南康府事及

上卽天位召入議禮改章州通判會詔修元史遂徵還與金華太史公俱爲總裁及史成拜翰林待制未幾而出使西夷雖未獲究其設施然其有益於國者大矣世之趨近

功者恒謂儒者不足爲時重輕此非知本之論譬之人身彼一才一藝者猶手足耳目然而賢者則元氣也人見手足之能持行耳目之能聽視而不知皆本於元氣不亦惑哉其辛受業太史公而以未識先生爲恨先生之子紳以畫像見示乃叙而贊之曰

天眷有明勃然龍興豈惟智謀得人乃成其人伊何匪將相爰有君子海内之望望既歸之孰能違哉彼王彼侯小大畢來惟華川公蔚其文雅位雖不崇名動天下人知其名豈知其心我懐德音山高海深

義鶴贊并序

高啓

吳報恩寺浮屠之顛有鶴二巢焉以遊以宿出返必俱一日其雄墨脛輪索中斷翼自擲空懸弗脫雌下首大鳴若顧于人衆憐之莫能升遂宛轉而絶雌依其傍弗去羣鳥欲磔之輒引喙怒逐不使近遠毛骨盡化乃已余居直寺東嘗見其彷徨飛旋形貌憔悴風雨之夕哀唳嗷嗷若號慕然余念夫世固有伉儷相悦者矣一旦失所天哀未改而已他適塗膏自媒唯恐非艾晨咷夕噱曾無含恤世嘗以禽喻惡人寧不辱是鶴哉迺贊曰

嗟爾鶴乎維鳥之特猗雄死自守禦爲之賊猗獨棲于標夜失其匹猗哀嘶返顧不啄而食猗厥質始化並貞之㒵猗匪會黄鵠孰配爾德猗

戴院使贊

茹常

神間以清氣和以平質傾而厚貌澤而明學則究軒岐之奥書則啓金石之經昭代之老處　朝廷蓋得其道醫國之手

雖蠻貊亦知其名懷仁慕義秉德存誠是宜受
高皇之奬譽荷
今上之寵榮齒餘八袠而彊健身備五福而康寧若夫託泉石之高致締松桂之幽盟彼盡史者徒知寫其歸隱之趣而莫能得其戀 闕之情也耶

陶弘景讚

王達

士之善於觀人者往往不於其所之所已爲而必原其心之所隱微者而觀焉惟能原夫心之隱微者而觀之則其爲人者昭昭矣彼泥其迹之顯然者而觀之夫豈得容僞於其間哉吾於齊梁之際得一士焉陶公弘景公生而有異四五歲卽知用荻畫灰以爲書甫長讀書萬卷以一事不知爲之恥齊高帝作相用爲諸王侍讀彼時雖在朱門

閉影息交不外物接永明間掛冠神武門巳上表辭祿矣當斯時也窺神器者匪一人朝爲君臣暮爲讐敵朝爲揖遜暮胥纂奪雖欲以力齊之奈天道之未定何於是自勾曲遍歷名山尋訪仙藥每經澗谷必坐臥於其間所居皆植松聞其聲輙欣然爲之樂性好著述凡陰陽五行風角星算山川地理方圓產物醫術本草罔不洞究自以爲神丹可成壽可致梁武資之以黃金朱砂等物亦不斬而受宰相如拾芥此衆人所不能得而公可得者可得而公恬不爲之意茫然與世相忘焉公之賢爲何如蠱之上九不事王侯高尚其事者不偶於時者之所爲也公可謂偶於時矣而猶不出者庸詎知 天下無可事之主哉故其詩曰

夷甫任散誕平叔坐論空豈悟朝陽殿遂作單于宮厥後天下玄理荐興武事日弛侯景纂位寶在昭陽然則公固有遠慮先燭之智矣亦豈可謂公為長逝忘返而無憂世之心者哉予故仰其高風想其遐躅原其心之隱微者為之讚曰

蓬華既高芝蘭斯晦梟鴟成羣鸞鵠斯退君子知微默領心會醇酒雖甘詎宜忘醉哲哉陶公靡所不通糠粃富貴勾曲之從月高秋肅一枕松風安知其他我保其躬彼不知者謂公少疵山中宰相天豈介而我知公心澹然無為不與物絕龍變是宜上陵下替世道日榛寧於其時俯仰屈伸烟霞泉石今古乾坤高風邈哉不見其人

自題侍教像贊　楊士奇

此老之生今七十有三年其仕凡三十有七歲歷事四朝恒持一志顯顯乎兢慎肅肅乎嚴畏不敢內非類之交不敢徼非義之利祿愈增而意愈澹秩愈進而心愈惴治官務如家務視海內如室內雖不能萬一之有濟而不敢須臾之或怠誠懼上孤明聖之恩有忝清白之世閱春華之屢謝撫寒栢而猶翠聊自寫其素存示同宗以祗勵

族孫挺來北京旦夕在左右里蕭生為寫侍教圖挺以求贊因謾書此然士之師古挺尚從事乎遠且大者可也

七十歲自贊　楊榮

荷蒙先世積德之厚叨承列聖眷遇之隆父侍禁近冀效愚忠當齒力之既衰尚責

之愈崇目愧乎進無所補退不我從徒存心之兢兢而懷憂
之忡忡惟古人堯舜其君民者素景仰其高風思勉焉而不
懈期一致於初終者也

故延平守胡子祺贊　　鄒緝

故延平太守胡公既沒三十年緝始得其墓表而讀之爲
之嘆曰嗚呼士惟患不見用耳未有用而不見其效者況
得顯行於其位其大小設施豈得不有所見哉　國家初
興凡所選擢必擇其才良端直之士而任之士既抱負其
所有故見諸有爲皆足以震耀於當世而其所立類非迂
儒俗士所能及若公是已公以洪武三年應詔至京師受
知
太祖皇帝擢拜監察御史郎上書論遷都關中事其後出
爲按察僉事調知彭州陞知延平府事以沒公在風紀不
爲激擾之政而人畏其威蠻服其化獄以常空其爲彭州
築隄堰修水利勸民務本力業郡中翕然稱治至爲延平
聲稱尤著至今延平之人能道其行事蓋其愷弟之化有
以信於人而其才德又足以服之惜其名位止於此不克
臣於久遠也昔何武爲楊州刺史凡所刺舉未嘗敢自私
而又仁厚以處下故郡國各重其守相張詠知成都寬嚴
適中威惠信於人故既薨而蜀人爲罷市蘇子瞻謂其遺
愛蜀人久而尸祝之若公可謂無愧於公者矣公之次子
光大爲春坊右庶子與余爲同門友既覩公之事乃追爲
之贊曰
昔在

太祖勤思賢輔有偉哲人實承知遇布衣登朝居法從班還
都之議動于
天顔內臺外憲薦揚風紀兩紆郡符鳴玉曳履材完德碩無
積不施惠愛所加民自懷之肅肅之儀瞻望莫及籌策之從
願爲公執

鏡容自贊　楊傅

資可以爲學而理或未明時可以行道而力有不至緬懷古
人夙夜惟厲而莫及焉嗚呼老矣

吳敏德像贊　王直

海虞吳敏德爲都察院右僉都御史特敬慎之心秉廉直
之節其議論舉措蓋有前賢之遺風視世之隨俗變化方
外而圓內者相去遠矣此其像也而予爲之贊

允毅吳公率德自躬
聖明御邦克躋顯融豸冠峩峩邦之司直必誠必恭不詭不
激雍容進退端笏垂紳小人所憚君子所親維昔名臣始終
一致神之相之福祿斯備風霜肅物生意寔存碩弘厥施以
暢
皇仁

自贊小像

其才學則迂疎其志行亦狂簡幸逢時以效愚每惴惴於自
反然僚友謂之强而
主上謂之板愧變通之未能徒爲達士之所莞也
强者矯亢不阿之名板者愚執不通之謂蓋氣質蔽固之已
深而學問變化之未至若謬比於憸邪則難合乎公議雖內

省之無愧然豈敢忘敬畏　也哉

訥齋贊　金寔

言可訥乎心因言以宣道假言以傳言不可以訥也言不可訥乎身由言而困事由言而僨言不可以不訥也訥乎訥乎殆將訥其所不當言而不訥其所當言也夫在鄉黨則恂恂在宗廟則便便是爲訥之謨

伏生授經圖贊有序　周敘

伏生諱勝濟南人也按史記伏生故爲秦博士孝文時求能治尚書者天下亡有聞伏生治之欲召時年九十餘老不能行於是詔太常使掌故晁錯往受之先是秦焚書伏生壁藏之兵興流亡伏生求其書亡數十篇獨得二十九篇卽以教于齊魯之間學者由是頗能言尚書諸山東大

師無不涉尚書以教矣又按漢書顏師古註當錯受書時伏生老不能言言不可曉使其女傳言教錯齊人語多與潁川異錯所不知者凡十二三略以其意屬讀而已是圖蓋當時授經之象中坐者伏生旁侍者其女前跪而坐者錯也圖用縑素僅二尺而蒼山古栢靈芝石牀書几之狀莫不曲盡巧妙畫者之意亦工矣哉於戲聖人之道寓於六經而書者二帝三王治天下之大經大法所由載有天下者不可不以之取則也使非漢文求之伏生傳之天下後世將貿貿焉莫知聖帝明王精神心術之所寓而道晦矣愚故謂尚書一經不幸焚燬於秦幸而表章於漢尤幸而傳授於伏生也且是時伏生年已九十餘使漢文求之不早不幾於泯焉矣乎然則是書之傳豈非天耶而其所

以繼往聖開來學之功又豈居漢之諸儒後哉戶部員外郎高君信以是經登進士歷官朝著有聲家藏斯圖命工裝潢成軸以余家傳是經也求識之久之未敢執筆而高君之請益堅敬用書其故而爲之贊曰

大哉聖道寓諸六經煌煌尚書實統厥成秦亡漢興斯道幾晦展也伏生爰際其會心惟口誦以教以傳晁錯之受漢文之賢斯文千載旣晦而顯展也伏生其功不淺嗇爾後學是仰是宗拜瞻圖像邈焉高風

文昌帝君像贊　　劉定之

有以

孝陵御容傳寫爲

文昌帝君像者臣定之稽首贊曰

日行于天光寓萬形全得爲月分得爲星雲得爲霞雨得爲虹影得水底火得鏡中圓明晶彩晶彩日同於

皇開天自天陟降其寓于茲文昌帝像主世之文緯地經天有赫厥用無私其權冲天烏紗朶雲龍袍就之日近望之天高臣拜稽古亦有是宋仁宗像卽眞武帝

七

志釋寄胡徵君仲申　宋濂

華容孝廉與廣平文學遇于神明之臺孝廉問曰予締于交已越二紀其貌固狎其志則未之聞也子能爲我揚推古今而釋之乎文學曰走也不敏長自巖穴鶴毳編襦土芝組食動趾踉蹡發辭謇吃忽挾緗縹去歷都邑見者大噱指爲木刻錯愕周章無地寄迹獨孝廉燠我以溫顏前我以重席迪我以三古之芳猷期我以九能之至域拜孝廉之貺厚矣孝廉有問敢對以臆寓形霄壤不翅蟣蠓時幻歲遷電滅鳥空唯極所適其樂則鴻出游大澤才鶱氣雄鼻尖出火耳後生風金張前驅許史後從牽黃臂蒼觳矢飆弓仰落雙鶬俯擒長熊毛血旁灑塵坌四封入據邃館廷實惟供罍尊旁午豆俎衡從肉腴含春酣暈移童器周八音律合六同部分立坐遊布西東綠華白台南威紫衡蹯輔奇牙瓌質姣容歌喉撼塵舞袖翩龍其有事固日新而弗足也竊有志焉孝廉能許之乎孝廉曰欲敗度縱敗禮古人所戒子豈宜蹈之願聞其他文學曰班生投毫令名煌爗終童請纓其齒甚少不有熖熖孰潛其爵非勒銘於燕然必建標於粵徼軒冕以之蟬聯紳紱以之爣爣衛霍擁軫樊陳執轟蘇公子掃門王孫媚竈霜露條乎吹噓予奪視其愠笑其貌也若孟勞之出會稽其重也如天球之鎮周廟天下學士揮汗爲雨聯袂成帷莫不仰遺光而企末照其視處環堵厄藜藿擊壺而越吟倚柱而吳嘯甲甲南陽之畊落落滋泉之釣口必共語影形相弔不亦

大有徑庭乎孝廉曰功高者身危位隆者名喪此衆人之所
嗜而君子之所愼也文學曰神封靈壤作鎭下方會稽衡華
沂岱嶽嘗霍及醫閭分布九疆捴三條於中區限兩戒於外
邦他若滄張蕩浮青瀚混茫包天褁地循環相通瀏其間怪
偉靡可數詳天孫嶽長水伯瀆宗𣂪昴宿寶符之貴玄龜青
鯉之章金篋玉策之探日月珪璧之藏或隱而晦或露而彰
走將簡徒御戒樓航濯足於咸池晞髮於搏桑豁氛埃於人
瑕發忠信於天光蒼水之使稷丘之君底一間之勺鼎湖而
想遺弓㣔河洛而思聖勳也孝廉曰山川形勝固足以廓子
耳目昌子文辭然非至焉子毋徒取則於太史遷也更請大之
文學曰去聖逾遠學術紛披控名責實禮度是師上下有叙
隆殺異宜苛察繳繞弗失絲釐貴儉兼愛上賢右鬼采椽不
斲型簋唯土簹然自守與孔齊軌權事制宜詭行遁辭移陰
轉陽入神出奇變化闔闢千目莫窺秉要執本立爲經制法
無常形事無成勢洞究羣情爲萬物主儀節或從峻刑弼之
肅如晨霜犯者裂肌仲鞅非到挾之以馳因彼天時以施敎
令若儀若象測度以定紀綱載明是謂大順食天所寓邦本
所資山澤平地相厥攸宜八政之首著于經彝揣摩國紀宣
明帝治或合或兼本末畢具凡有猷爲罔越憲制若是喧歷
泣㾜訊雷震撼乎西極充斥乎九垓颯颯乎海水起立而應
龍天飛也戔戔乎五兵雜陳而神授握機也芒芒乎曠野萬
里而列井布綦也走欲從索其說而試之不識可乎孝廉曰
夫子沒而微言絕諸子百氏人人殊未有能一之者也文學
曰戡定惟武亦國之程其書漫衍四類是繩陰陽權謀伎巧

勢形其目昈列緇緇繽繽九宮八門六甲五神軍軌兵鈐星
式雷經金鷄玉狗風角鳥情制器尚精動合神機冑鎧羅陳
戈戟交旐渠答距堙鵞鶻賞扶胥象車雀杏行馬飛皃武衡大
櫓驪耳長殳雲火萬炬渾脫全軀策全器良其用益張營察
六形旂按五方天地定位風雲流行龍虎騰蹚鳥蛇翼驤正
正奇奇巍巍堂堂赫赫艴艴稜稜瓚瓚以守則固以擊則揚
或追北於函谷或喋血於太行或徇地於臨菑或陷堅於昆
陽是亦英雄之壯觀也走竊樂之不知飢渴之在已也孝廉
曰兵者不祥之器聖人不得已而用之子服儒衣談儒書又
焉用爾為文學曰粤厥軒轅游心太初上趍鴻氾下入泬漻
有竊其餘亦神其軀文賔履生師皇馬醫主柱冊砂騎鳴龍
師木羊葛由神泉鹿皮折足山圖赭衣服閭女九素書赤斧

碧鷄朱璜瑕脫玄俗質虛心存冲寥跡亦佹奇五性既絕九
患亦除三階有嚴七變無虧身升紫宮位紀琳書陰隆伏骨
目烱四規執東象之玉文契九赤之班符御蹻虛之龍轙服
太極之麟芝入火不爇入水不濡入石不閡入木不拘雲臥
天行神潛靈飛是蓋與天為徒又不特致治於無為也當闢
我石室寢我世機服我胎息殺我蟲尸洗伐我毛髓銷解我
膚肌覩銅狄而摩挲約令威而來歸不知能成其志否乎孝
廉曰聖人不師仙使其可為則周孔為之矣文學曰荒荒遺
文或僞或眞學徒巧辨或正或舛先出者堙後出者存何老
生然尤而異師是嗔藏之名山編簡乃完何傳授有緒而魚
魯或殘汲冢一啓蟲書再覩何怪言放紛而弗齊于古緯候
相傳內學是尊何列國寶書而盡閟其文僭辭竊義聾俗簧

世日新月巧動莫之制銜錯雜瑩方州部家何立言艱深而
莫究津涯始生終通生育及質何其象不一而數皆九爲原
熒卝冢名性氣體何圖指佹殊而重摹迭疑繝類而言何莫
非此沾沾動喙徒見其鄙走將鉤其厖鴻掠其纖微懸空明
之金鑑俾無遁於妍媸能若是是亦足矣孝廉曰此龕近之
然𦆵於傳註童習白紛若華蟬死生其間亦奚益哉文學曰
孟軻氏沒世乏眞儒師師萌虒倀倀奚歸孰郞我矇孰砭我
愚群言孔多契眞者誰欲操腐艦以泛具區欲絡盲象以駕
鼓車縱有智巧寧不殆而嗚呼噫嚱一何寥乎九聖之神於
昭於天九聖之心存之於文文何聡乎嗚呼噫嚱膂薶盈室
何有芳蓀繁星爛宵孰知朝暾寧不使我怡怡而慅慅乎帝
降民秉德與天一胡不自貴葩藻是溺顛倒首足淆混白黑
棄其瓚槃寶厥瓦鬲拊膺自傷淚血交積誓剷宿穢以剗末
習駕舂陵以爲舟鼓闢洛而爲檝張武夷以爲颿期洙泗之
可涉夙興夜寐偟偟業業凜然如上帝之在目睫若是何如
孝廉曰此僕素昔之所究心者也幸與子同之於是執手降
臺相視而笑笑已繼之以歌曰眞儒不生世陰陰兮擿埴索
塗愈幽深兮烱其靈根無古今兮超彼九玄離濁氛兮攀淵
追騫乘赤鱗兮文之興喪質以身兮任重道遠何時而止兮
朝斯夕斯相期於歿齒兮

文訓　　　　王禕

華川王生學文於豫章黃太史公三年而不得其要倀倀焉食而不知其味皇皇焉寢而不安其居望望焉如有求而不獲也太史公一日進生而訓之曰子之學文有年于茲志則

勤矣吾聞天地之間有至文焉子豈嘗知之乎夫雲漢昭回
日星宣朗煙霞卷舒風霆鼓蕩者天文之所以暢山嶽錯峙
江河流行鳥獸蕃衍草木茂榮者地文之所以成天地之文
不能以自私誕賦於人人則受之故聖賢者出以及瓌人畯
士相繼代作莫不大肆於厥辭蓋自孔氏以來茲道大闡家
脩人勵致力於斯其間鞠明窜曛疲弊歲月刓精竭思耗費
簡劄者紛趨而競馳孰不欲爭裂綺繡平攀日月高視萬物
之表雄峙百代之下卓然而有爲然而躑躅而不進觥骸而
不振思窮力憊吞志而沒者往往而是而能登名文章之籙
者其實無幾則所謂至文者固夫人所罕知是故文有大體
文有要理執其理則可以折衷乎群言據其體則可以剸裁
乎衆製然必用之以才主之以氣才以爲之先驅氣以爲之

內衡推而致之一本於道無雜而無蔽惟能有是則統宗會
元出神入天惟其意之所欲言而言之靡不如其意斯其爲
文之至乎凡吾之說子豈嘗知之苟知之其試以語我生曰
文之爲物貴適時好粲然相接合喜投樂有如正始不完文
氣遂偏俗尚化遷而排偶之習興焉四屬六比駢諧儷聯抽
黃對白調朱施鉛五采相宣八音相便握摛穠纖呤哢寒暄
豐腴醲酣眩麗嫺妍珠璣溢緘膾炙滿篇凡慶弔與賀牘咸
累幅而疊沓王公之門下逮閭閻彝儀縟典往來交際辛奉
之以周旋又如大雅既遠詩歌日變玉臺西崑其流也漸支
爲詞曲爭嫩競艷字分重輕句協長短淨聲切響清濁和間
羽振宮潛商流徵泛笙簧觸手錦繪迷眄風月留連鶯花蕩
亂振妙韻於沉冥託葩辭於清婉性情因之而暢宣光景因

之而呈獻好會睽離歡忻 悲歎莫不假是以託情固無間於
貴賤也若是者其爲文何如太史公曰古語變而四六古聲
變而詞曲文之弊也甚矣請置勿道爲言其他生曰命卿選
士之法廢而科舉乃興以文取士設爲範程漢有射策書有
明經復有詩賦建宋曰益增經術爲義而三篇以明賦本於
律而八韻以成咸各專其科各精其能其義則意融旨切言
粹辭達枝語蔓引叢論英發刻聖秘而立辨幹天機而生說
其賦則句鍊字戛音叢韻軋藻秀春擷花艷晴掇校妍醜於
錙銖品抑揚於毫髮他若宏辭制舉大科別設文法靡不該
文格罔弗列又必學稱博極才號閎傑乃能攻其業凡習於
斯者皆賈勇詞場角雄藝圃不厲兵而白戰爭奪弧而先拔
若工若拙三年是力若勝若劣一日而決及其中文衡入文

轂則遂圜棘聲徹榜金名揭上賢書於天府承洪恩於帝闕
乃躋膴仕乃展遐轍若卿若相鮮不由兹而出矣上以此而
求賢士以此而致身文之用世信不可誣也歟太史公曰科
舉之文趨時好以取世資特干祿營寵之具耳學古之君子
恥言之生曰文之古者登諸金石記誌頌銘具有成式或鍾
鼎是勒或琬琰是刻或鐫于豐牲懸繂之碑或鑱在封嶽磨
崖之壁莫不炫燿崇勳烜焯茂德載丕丕之嘉猷紀赫赫之
休績然皆一筆之力九鼎可扛一字之價千金是直尔其宏
粤之思雅健之姿瑰瑋之辭擴摭馬班凌厲蔡陳蹂躪韓柳
玉采金聲焜焜煌煌鍧鍧鏘鏘袞章繡紋炳炳焞焞繽繽紜
紜詭然而蛟龍翔蔚然而虎鳳昂翕然而律呂張正音諧韹
韺變態類雲霆勁氣排甲兵沉宜以之而開寨幽閟以之而

著宣迤遠以之而綿延然非儒林宗匠藝營宿將道德爲世之模楷名位爲國之儀望堂堂焉章章焉擅鴻筆攬魁柄稱文章之大家者孰當仁而不讓宜其婉美古昔傳信今後照四裔以無倫垂千載而不朽此其爲文也不幾於古乎太史公曰文至於是謂之古宜也雖然其爲用殆不止是已生曰朝廷之上有巨文焉典謨誓誥制冊令詔譪爲王言渙爲大號而帝王之制作存焉灝灝噩噩渾渾洋洋凌厲逢亭揮霍奮揚或溫潤而精粹或宏偉而秀煒或嚴肅而簡重或衍裕而深長經緯天地橐籥陰陽黼黻萬化轇轕三光封職則氣含陰雨之潤授官則義炳重離之明勑戒則吐星漢之華治戎則揚游雷之轟肆赦則垂滋於春露昭罰則示烈於秋霜一字之褒沛漏泉於下地一言之感被挾纊於黎蒸朝出九

重暮行四方如風動而草偃如山鳴而谷應奮迅乎寓外旁薄乎域中鼓舞乎夷夏陶鎔乎帝皇文章之用蓋與造化而侔功矣若是何如太史公曰易曰王言如絲其出如綸詩曰辭之輯矣民之協矣辭之繹矣民之莫矣文之爲用誠莫盛於此矣姑舍是豈無復有可聞者乎生曰文之難者莫難於史故良史之才古今或無皇道帝德王畧霸圖運祚興衰治道隆汚將相卿士武烈文謨賢智忠孝兇慝姦諛天文五行地理河渠禮樂兵刑食貨賦租選舉職官冕服車輿蠻夷戎狄遐方異區恍惚詭變俗怪習殊凡一代之本末皆載乎史故曰史者一代之成書是故事以實之辭以給之法以立之例以律之作史之要必備乎此然非其能足以通古今之體明足以周萬事之理智足以究難知之意文足以發難顯之

義者曾烏得以稱良史哉蓋自紀表志傳之制馬遷創始班固繼作綱領昭昭條理鑿鑿三代而下史才如二子者可謂特起拔出雋偉超卓後之爲者世仍代襲率莫外乎其渠矱論者以謂遷固之書其與善也隱而彰其懲惡也直而寛其賤夷也簡而明其防僭也微而嚴是皆合乎聖人之旨意而非庸史之敢干及乎范曄陳壽之流則遂肆意妄發曲筆濫褒貶昧其本旨而義駁以偏破碎其大體而辭謬以纖況乎曄壽之不若者則又卑陋而無足觀矣故史所以明乎治天下之道而爲之者亦必天下之才然後勝其任茲其所爲難乎太史公曰噫史之爲文誠難乎其盡美矣文而爲史誠極天下之任矣抑吾聞之文有二有紀事之文有載道之文史者紀事之文於道則未也生曰聖人既沒道術爲天下裂諸子

者出各設戶分門立言以爲文是故管夷吾氏以霸略爲文鄧析門以兩可辯訟爲文老聃氏以秉要執本持謙處卑爲文列禦寇氏以黃老清淨無爲爲文墨翟氏以貴儉兼愛上賢明鬼非命上同爲文公孫龍氏以堅白名實爲文莊周氏以通天地之統序萬物之性達死生之變爲文慎到氏以刑名之學爲文申不害氏韓非氏復流於深刻之文尹文氏又合黃老刑名爲文鬼谷氏以捭闔爲文蘇秦氏張儀氏因肆爲縱橫之文孫武氏吳起氏以軍形兵勢圖國料敵爲文荀卿氏揚雄氏則以明先聖之學爲文淮南氏則以總統道德仁義而蹈虛守靜出入經道爲文凡若此者殆不可遽數也雖其文人人殊而其於道未始不有明焉譬猶水火相滅亦以相生和敬相反亦以相成易所謂天下一致而百慮同歸

而殊塗者言本於一揆而已文以載道其此之謂乎太史公曰諸子之文皆以明夫道固也然而各引一端各據一偏未嘗窺夫道之大全人奮其私智家尚其私說支離頗僻馳騁鑿穿道之大義益以乖大體益以殘矣此固學術之弊而道之所以不傳也生曰聖人之文厥有六經易以顯陰陽詩以道性情書以紀政事之實春秋以示賞罰之明禮以謹節文之上下樂以著氣運之虧盈凡聖賢傳心之要帝王經世之具所以建天衷奠民極立天下之大本成天下之大法者皆於是乎有徵斯蓋羣聖之淵源九流之權衡百王之憲度萬世之準繩猶之天焉則昭雲漢而揭日星布煙霞而鼓風霆猶之地焉則山嶽峙而江河行鳥獸蕃而草木榮故聖人者參天地以爲文而六經配天地以爲名自書契以來載籍以往悉莫與之京斯其爲文不亦可以爲載道之稱也乎太史公驩然而驚喟然而歎曰盡之矣其蔑有加矣此固載道之器而聖人之至文矣嗟乎世之學者無志乎文則已苟有志焉舍是無以議爲矣是故本之詩以求其恒本之易以求其變本之書以求其質本之春秋以求其斷本之樂以求其通本之禮以求其辨夫如是則六經之文爲我之文而吾之文一本於道矣故曰經者載道之文文之至者也後聖復作其蔑以加之矣今子知及乎此則於文也其進孰禦焉特在加之意而已矣生於是再拜謝曰謹受教敢不拳拳服膺是則是效以無忝夫子之訓告

巢雲對

貝瓊

淮南蘇恒屋千仞之厓危乎孤鶴之託一枝而雲氣出入

[illegible]

[illegible]

乎戶牖與野馬絪縕不絕遂號巢雲而處其中凡若干年人莫得見之者有東吳生涉江而過焉恒方據槁梧讀老子書因介而進曰甚矣子之好古也自上棟下宇之作以辟風雨寒暑人固別乎鳥獸已謂之巢者假也又謂之巢雲者益假也吾嘗病世之假不知好古之士亦必假之物而為名則彼之囿於假者奚病也抑顯晦之跡既殊而憂樂之情懸絕吾請與子論之可乎且以觀吾子之所擇也曰可曰通都之中左回大川右屬群山宛宛下起鬱鬱龍蟠甲第是營繚以崇垣椽之約之如跂如翬文窻洞開朱栱鈎連盤盤囷囷仰不見天以居以寢其居孔安不火冬熾無氷夏寒其視巢雲為何如對曰揚子有言曰高明之家鬼瞰其室不能節之以制而侈靡相傾此漢之田蚡梁冀卒蹈大禍曾不及覆茨之為

貴也吾惡為哉曰下隰高原我圃我樊鑿石其間可游可觀鑿而成窪壘而成塚錯落星布嵌巖雲滃或背而崩或環而拱虎豹縱橫駝馬交踵神徉聲華勢方斷隴境與心謀物以機動異卉駢生脩條上竦回飈激芳紅褰翠滴其視巢雲為何如對曰金谷既虛而二十四友為禽宜來者之所戒復忍襲其轍乎曰高臺九層上切星辰俯見百里極于八埏洞庭為池浩浩沄沄鳧鷺往來候鴈千羣霜降之秋雷奮之春以宣其壅以泄其煩朝攬羲和夕賓結鄰其視巢雲為何如對曰古者國有時臺以望氛祲察其豐凶若章華姑蘇愷勞民為之而勢危累棊者君子不予也矧其下者罄千金以奉一已樂之所在患必隨之曰鳳吹參差柱促絃張乍抑乍揚移宮變商楚腰衛領二八分行曲按回波鸞停鵠翔裼蛾聯娟

吐氣蘭芳良夜何其厭厭未央絶纓繼爟炳燭傳觴其視巢
雲爲何如對曰孔子曰鄭衛之音比於慢矣吾自吳之越自
越之楚而息於此耳莊生之天籟發蘇門之嘯歌顧不愈乎
世俗之好以喪吾眞邪曰結友金張連姻衛霍車馬相過氣
熾熏灼恥事佔畢擊九六鑮遨遊俠邪宿留平樂百金一擲
割鮮野酌杯觀五湖垤視四嶽其視巢雲爲何如對曰鄙哉
貴游子弟席奕葉之寵矜其驕豪荒淫無度故積之百年之
久而墮於一旦不亦悲夫曰入黃閣趨紫垣理萬民總百官
令出如流勢尊如山門列霜戟堂垂曲旃魚鑰初啓鶴蓋雲
團左右之人衣襲綺紈祿周三族國延子孫流光百代比德
前人其視巢雲豈不有間乎對曰以非常之才處非常之任
者吾絜知校能奚翅鵬鷃之相萬又可以妄覬之邪苟居其

位必不克矣曰然則與雲卷舒一壑一丘擷秀汲清委化而
休非幾於潔身亂倫之流歟對曰生觀於彼而不覩乎此蓋
知其一而不知其二也雲之爲物圓於天地而有時不足圓
也藏於山澤而有時不足藏也汎溢如濤淘乎其不可排也
回旋如雲泯乎其不可執也蔽乎內外爲吾之藩籬也彌乎
六合爲吾之帷幄也其變不一吾之玩也若狎而昵吾之友
也茫茫然莫知其所止油油然莫測其所如也於是拉弘景
招太白小匡廬卑少室逍遙倘佯以永朝夕視彼壯麗之居
非吾之所安閒曠之囿非吾之所適馳騁非吾之所事聲伎
非吾之所惑而一時赫赫遠近承風未若終吾天年而守其
寂寂也東吳生慨焉若失迺爲之歎曰吾子可謂不屈於天
下之物而特假以見其志則凡世之沉溺者惡觀物之過乎

前其猶太空之雲乎遂錄其對

卻巧文

王達

昔柳儀曹嘗製乞巧文千載之下有鐵厓亦常擬之矣余讀二先生之文感而作卻巧文并窺管見其敢追踵前賢哉姑自釋其抱耳

歲惟壬辰七月之七王子潛居訌訌弗懌適冷風颯然月綻雲拆桐籟薦秋露花凝夕有一嬋娟欸莅吾席析析步搖灩灩繁飾睨王子而言曰吾天女之孫也職司天巧式利下民疇吾者泰背吾者屯趨吾者富違吾者貧吾久閑子多戇少文吾寔恤子來濟子身汝或不憚吾悉汝陳王子竦肩歛踵覘覘忞忞似夢非夢謂神非神蒲伏而言曰臣固拙矣敢不願聞天孫整裾端坐憮然曰噫人生兩間孰弗異遇今子弗

克巧進自貽醜窮不師詭遇秖業專攻未塗噂唶龐言滋豐技夸鬼蜮計逞狙公鳥翼蛇驤蜂聚蟻同託根魏柯名曰宛童俾不曲合焉致斯崇路欺握雉祝天祛蠱陽縱陰戰內傾外融憎陋忻嫭人心攸同聾俗贊世譎行迂蹤李子繇是而貴曲逆由是而封子不聞歟矧乎妙奪工倕紆行曲施能若是者庸無不宜前邀後障左繩右規笑淹徽露戲焚玉雜錦心繡腹侮書嫚詩啓喙成訟轉趾徼疵孑孑聳聳是是非非顛倒縱橫趄趑提搥倚天拔地斷鮫剸犀藻葩綴縟陟降驅馳氣劘屈子目短相如諸侯見構豪族爭儲壹譽可喜壹毀可悲致顯若彼汝奚不為今子讒吃赭顏沉吟支頤窮鄉僻地運日以奇我今告汝汝應締思汝不改轍焉能救而夫騏驥捕鼠弗逮狂狸吾將錫子語穽助子嘲機納子之黠驅子

之痴詎不偉哉王子曰臣聞駑馬安步麒麟踼躅各有攸得奚惝奚悳良玉渾然烏事刻琢馬安害宦俔覔樸學寧為拙傷毋為巧詠岐殊術異彼此相角沾沾求容栩栩強語手摯足旋神辱志沮我嗟其人汨此靈府命栖險竿躬罣游弩蒿目蓬心臣實不取天孫噱然笑曰井蛙不見東海蟪蛄不知春秋弗識宜樞弗察芳猷方柄圓鑿事恒弗投毀方瓦合槽不知謀耳與目敵心與身讎么麼之技自矜寡儔汝不思变吾實汝羞汝今絳宫弗徼玉堂弗憂攻苦敷澹庭如楚囚匪徒恥之吾實悲之也匪徒悲之吾實悼之也王子又蒲伏而謝曰天孫之心固仁矣啓臣之智固備矣然強哭者雖疾不哀強歡者雖笑不妍生龜脫筩顧非自然危鶴斷脛乃違厥天機械藏心神德不全夫巧者言拙者默巧者勞拙者逸巧者賊拙者德巧者凶拙者吉此先正之格言敢弗服膺而警惕於是天孫嘉然真逝茫無所得出門視之但見繁星麗天萬里一碧

翰墨林七更有序　金寔

翰墨林者永嘉謝君廷循圖書之府也君以和粹謹飭被眷遇得美名於縉紳間籍甚性嗜清玩畜之頗富嘗名其齋曰米家船少傳東里楊先生士奇易以今名而記之予乃為作七更極其辨以進於道意於辭庸視古之作者固未免有捧心之誚要之發乎情止乎禮義庶幾而不差者也

覺非先生久客闤闠心厭喧囂怔忪堙欝思若無聊安得絕境於焉消搖滌濯煩襟以永今朝聞永嘉主人有翰墨之林

曳杖彳亍若履空谷足音跫然主人出速不言心喻眡眄以目升自賓階少叙寒燠主人曰噫走也是林不資于地匪穹于岑無松之盛非稻之森駢羅圖書錯置琴瑟棐几萬籤上下古今文房百玩觸手可尋少安無躁願陳至音於是拂几正席焚沉爇蕙緩宮急羽高卑以序巍巍洋洋無不如意長清短清猗蘭飛佩五曲九引纚纚可繼先生曰美矣哉太古之聲也然鍾期既亡伯牙絶響秦筝逐之耳未能得其惝怳毋勞爾爲也主人曰唐虞至聖子不得與記物設教啓其聾瞽以局必方象地之則以道必正神明其德有白有黑曰陰與陽互陳錯舉雲漢其章防危補罅料敵審己負不可償勝不可恃兩雄相值乃見動敵龍蛇成陣虎豹堅壁雖曰小數有至理焉無所用心爲之亦賢先生曰君子不操勝心毋作機事此孤山處士所以鄙之也願聞其他主人曰書契初成鳥跡茫昧科蚪再變乃有分隷斯邈之下鍾王軼出唐臨晉帖如蹈一律狂僧顛史草聖入神蘇黃米蔡各自絶倫眞跡間存初刻咸在點畫使轉折旋向背明窻淨几目玩心醉誠一快也先生曰儒者於書固最近事然一好着亦能喪志吾未暇焉主人曰五色作繢肇自姚姒後世因之畫事由始晉唐以降好尚蠭起顧吳荆關董郭王李入神造妙區別品第耽嗜成癖千金莫以芳播清流貴動冊扆適情游藝動合玄理宣和纂録寶鑑有史似不可少也先生曰君子寓意於物而不可留意於物此先賢所以恐其泥也敢請大之主人曰陶寫性靈妙在得句物情人境動合天趣模擬之精推敲之至畫或忘飡宵恒失寐窮極彌工思　愈異神驚鬼泣造物所

忌我思古人高不可企先生曰風雅逵闊正聲微茫競趨靡麗大樸日亡安得擊壤以反渾庬主人曰經緯天地轇轕後先用與政通體隨世遷秦漢雄深齊梁骫骳韓公倡唐衰弊特起歐蘇會王鳴宋之盛及今賴之矩矱由正今之作者秀出如雲昭回河漢炳燿星辰鈞天合奏鸞鳳和鳴山輝玉蘊淵媚珠呈走將漱其芳潤咀其華英寤寐于茲林之下不知歲月之虛盈也若是如何先生曰近之矣而猶未也文以載道匪准辭工上師聖人吾將子從主人憮然曰命之矣聖人之言世謂之經囊括宇宙含煦生靈未暇細論畧陳其名易備陰陽造化以明書言政事治功乃成感發懲創詩本性情無序不和禮樂由興春秋撥亂王法權衡學庸論孟規矩準繩猶如菽粟布帛之征一息不繼民不得生浮文勝質奚利

攸行走將膏吾車秣吾馬由伊洛以遡洙泗而履吾夫子之庭不知其不可也先生離席而立降階頫首請先群經旁藝居後以翰墨林為道淵藪

策題

國學公試策題八首

蘇伯衡

問爲人君者莫貴於勤莫大於斷莫難於信其臣周文之日昃漢宣之勵精秦皇之程書隋文之傳餐同爲能勤也而或治或亂不同焉晉武之平吴憲宗之取蔡符堅之南伐宋文之北討同爲能斷也而或興或亡不同焉秦穆之於孟明漢昭之於霍光燕噲之於子之德宗之於盧杞同爲能信其臣也而或安或危不同焉學者之論事推其未至之理難爲說而抵其已往之跡易爲言請陳此十二君者其始何得何失而其後効相反以備講問之及覈其所以成而敗其所以敗庶有取也

問能稼而能穡斯謂之良農能獲而能烹斯謂之善獵能開邊而能安邊斯謂之優於爲國故漢收河北兵不再興唐復河隴未嘗出師今西蕃朔漢之地秦漢唐宋之所不能有者我
國家談笑而悉取之矣伊欲使戎狄賓服不敢南向而牧馬洮隴幽薊之民目不覩旗旄耳不聞鉦鼓而安於耕鑿必有良策二三子其悉陳之

問井田也學校也禮樂也此王政之大者也爲法雖不同而先後常相資顔淵問爲邦而孔子則以四代之禮樂語之滕文問爲國而孟子則以三代之井田學校告之然則此數者果可偏廢歟夫爲治未有不本於古而可行於今者也孔孟所言具在方册其設施之次第願推言之以聞于
上

問羲和之典暦后夔之典樂臯陶之典刑益之典鳥獸棄之典稼穡皆守一職終其身焉近世仕者一人之身而兼數官者有之一歲之內而歷諸司者有之豈其人皆賢於古人而措諸事業者無施不可歟將徒知計班資之崇庳而恥於効一官歟抑拘於數易之制而材有不得盡歟夫唐虞之時洪水方太天下可謂多事而當其時事無不治今四方大定非術難治之政而當世之務往往廢滯夫安其分而專其智能於一職與夫急於進取而無常職其得失亦可見矣居今之世而欲復古之道如之何其可也

問常衮之居相位也選舉不自專一命已上皆付之定法可謂盡公無私矣而賢愚有同滯之譏崔貽孫之居相位也未一年除吏八百多其親舊可謂出乎法制之外矣而當時有得人之稱後之宰相以常爲法乎則涉於避嫌以崔爲法乎則近於專權專權致威福下移之謗避嫌失竭誠徇國之義而謂賢相爲之乎夫古之賢相孰有加於伊尹傅說周公召公者乎伊尹則敷求哲人傅說則旁招俊人周召則明揚俊民既不自以爲嫌而其君亦不以爲疑是果何道歟爲相不師伊傅周召顧自處於常崔之間抑可不可歟請爲之說

問在朝言朝在野言野在學校而言學校可乎有虞胄子之教專之於后夔成周國子之教總之於樂正則樂豈非尤學士之所當重歟後世何以希闊而弗講歟古者興師其出也受成於學其反也獻俘獻馘於學則兵豈非亦學士之所當知歟後世何以忌諱而弗談歟所言者無非天人性命之理而指六藝爲器之末所習者無過記誦詞章之間而視六德

六行爲空言後世之學校果三代之學校歟夫何佻㒓城闕則其習至于今而尚存成材就實則其人質諸古而有愧豈非學校僅以著令而存其教養之法已蹂歟然六館三學之士或叩閽上書而挽留先生或倡明大義而不汙僭僞或指斥權臣而竄責不恤亦嘗見之而君子以爲盛事果何以致之歟其豈所謂不待文王而興者歟　國家建首善之地于京師二三子遊焉息焉豈惟規往行以自鑒擇善者以自從而已凡古法之當施於今與今日之所當務者極陳之以備舉缺陋使教道興而人材盛亦有司之望也

問穀爲六府之一農居八政之首是故爲國先務未有或先於訓農者也

今天子每歲孟春躬耕籍田以率天下之民郡縣之長吏皆兼勸農之職重農亦去至矣是宜事本業之徒什伯於逐末作之輩也而田里之間地有遺力而民多遊手何歟將盡驅之緣南畝歟則井地之法未易復限田之制不可行何以給之不爲之禁歟則　國家之調度一切取贍於有田之家不能無朘削之病而摽奇贏者顧安享厚利將見背本而趨末者滋衆品調消息之使農民無所傷而遊民無所利其道何由可得而聞之乎

問商書曰事不師古匪說攸聞周書曰不干古訓于何其訓是以夏商周之有天下其損益者有之而所因者猶一日董仲舒以謂質文有改制之名而無變道之實者是也自秦人廢古而先王維持天下之大經大法蕩然無復存焉者矣漢興掇拾於煨燼之餘其豈無一二爲先王之舊然自秦迄今

千五六百年時君世王初未嘗諄諄然取法之爲務也而不害其爲有天下有天下而最盛者莫過漢唐漢之法大抵襲秦唐之政一切因隋而其治則皆幾乎三王乃君新莽之復井田宇文周之復六官可謂篤於師古者矣而無救於其昏亂敗亡何秦隋之制可以傳遠而先王之法度顧不可以垂憲歟夫豈高帝之大度文帝之仁厚宣帝之勵精太宗之英武乃致治之資而莽之惡宇文之庸固自有取亡之道歟將善復古者貴求其實而不貴慕其名在得其意而不在泥其迹歟不然豈所謂世殊事異不相沿襲者不誣而商周之書乃虛言歟幸惟明其故

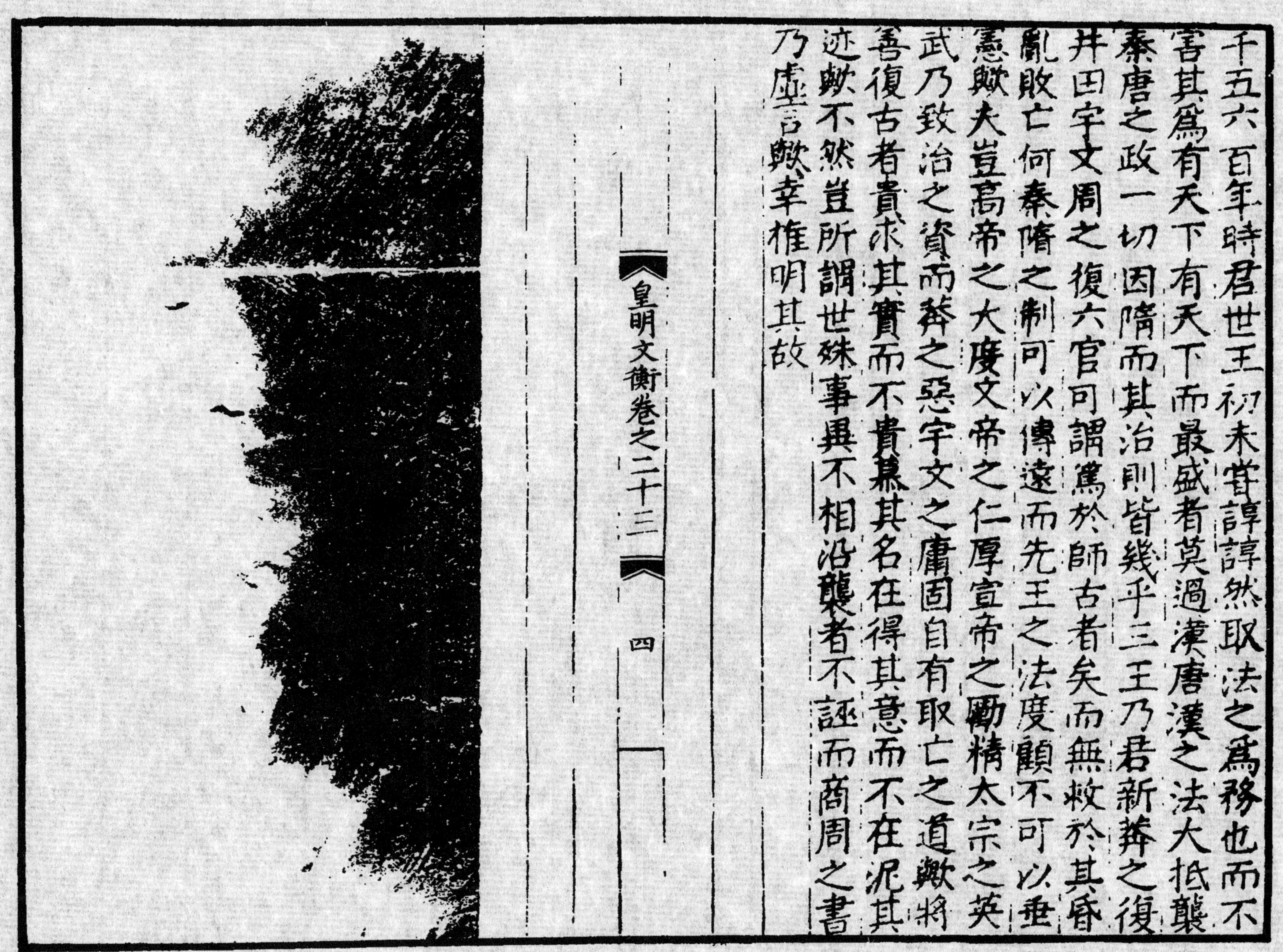

問對

楚客對　　宋濂

宋子泛舟西上夜泊彭蠡褰篷而坐時長空無雲明月皎然孤照衆星環列一一可數同舟有楚客者忽指月問曰日月一也此何以有虧盈乎宋子曰不然也月圓如珠其體本無光借日爲光背日之半常暗向日之半常明其常明者正如望夕初無虧盈但月之去日度數有遠近人之觀月地勢有正偏故若有虧盈耳曰然則其有夜食柰何曰此為地影之所隔也月上地中而日居下地影既隔則日光不照其隔或多或寡故所食有淺有深蓋地居天内如鷄子中黄其形不過與月同大地與月相當則其食既矣唯天之體冲漠無際然其圜徑之數及去地幾千萬里巧筭者亦可以推之也客曰月之爲説既聞命矣五星盈縮占者時有不合此何以無定論乎宋子曰五星從黄道内外而行考其盈縮則於分段距度最宜精審近代占天家於測景授時之法誠可謂度越前古至於星占則徹有不同且如辛亥歲正月乙酉朔火當躔房五度彼則謂在房之一度二月辛巳火當入斗初度彼則謂在三月己丑正月己酉金木始當同度彼則謂在乙巳其後驗之天象所失昭然若論水星距日之度盈縮之間終不踰二十三度半之外彼則謂正月癸卯水躔斗十九度在晨疾段中較之日躔虛六度已距二十七度此尤所未觧然天道未易言必得明理之儒如許衡者出正之可也客曰星曆之學儒者亦在所講乎宋子弗荅趣侍史具衾入舟而寢

越人對　　　　胡翰

越大荐土沃而澤不竭胡子過之土沃而澤不竭何玆大荐也越人曰子亦知有秋夕之雪乎八月既望日在巳丑牽牛未中風雨盲作夜漏下四鼓其聲寂然而止寒氣相薄明發視之則田間之穟戴白者靡靡矣雪作非時稼用大孽胡子曰天亦慘乎哉天非慘也和致祥乖致異民則何眚而降之沴不旱而民荒不澇而民饑轇轕上下變化百物將不有司其柄而馮陵者乎禮有之年不順成八蜡不通順成之方其蜡乃通又寧風旱弭烖兵順豐年逆時雨禬禜以告攻說有辭是先王之制明以治人而幽致嚴於鬼神也今蜡禮雖廢歲時有司脩其禬禜山林川澤丘陵墳衍民固有祀者矣享其祀而福不及其民又棄其垂成之績獨可無攻說以執其咎乎越人曰子過矣是冥冥者無以為也子視世之衮其冠褒其衣藉文茵而蔭華榱者容貌瓌奇頎盻生輝闓言崇議動無不宜非直冥冥者比也司黜陟之柄決是非辨利害秉堅策肥而周乎四履之內入吾境視吾土之沃也吾澤之不竭也其自信吾稼之不栗者乎信吾稼之不栗且瞀而吏峻而法日夜務取其公田之贏而不恤吾民之饑且札者何哉吾患之大聲而疾呼之曾不一動其心又況此冥冥者乎視之不見孰形其形聽之不聞孰聲其聲藉令可咎也則彼又何加焉子過矣胡子聞之瞿然春秋常事不書而凡日食地震星變則書之雷電雨雹隕霜雨雪則書之螽蝝螟蝥木冰梅李實則書之春秋何書也謹天戒也何以謹天戒脩人事也王省惟歲而卿士惟月斯之謂也存其對以問諸肉食者

不省之而又病之不恤之而又取之是獨非吾民已乎何其戾也

葬書問對

趙汸

或問葬地之說理有是乎對曰有之然則其說孰勝對曰葬書至矣問曰葬書眞郭氏之言乎抑古有其傳也對曰不可考周官冢人掌公墓墓大夫掌凡邦墓皆辨其尊卑度數而葬以其族大司徒以本俗六安萬民二曰族墳墓則葬不擇地明矣豈有無事而著其法者哉漢書藝文志敘形法家大舉九州之勢以立城郭室舍形人及六畜骨法之度數器物之形容以求其聲氣貴賤吉凶而宮宅地形與相人之書並列葬地之法其肇派於斯乎予嘗讀張平子冢賦見其自述上下岡隴之狀大畧如今葬書尋龍捉脉之爲者豈東漢之未其說已行於士大夫間至景純最好方伎世見其葬母暨陽卒遠水患符其所徵而遂以葬書傳諸郭氏邪然無所考矣問曰葬書世所有然自齊梁至隋唐君子不道至宋司馬温公乃欲焚其書禁絶其術何也對曰其言有大悖於理者書固可焚術固當絶也夫盛衰消長之變一定而不可推移者雖聖智巧力無能爲蓋天之所命而神功之不可測者也後世諸子百氏好爲異端奇論者衆矣未有敢易此以爲言者而葬書獨曰神功可奪天命可改嘻其欺天罔神謗造化而誣生民也甚矣世俗溺於其說以爲天道一定之分猶有術以易之則凡人事之是非黑白物我得失之細固可顛倒錯亂伏藏擒制於方寸之隱發以遂吾私而無難而世道人心遂有不可回者豈非葬書之有以誤之與禁而絶之固

善問者曰夫其謬戾既已如此而又以爲葬地之理在焉何
也對曰術數之書其言不純往往類此夫創物之智難以言
傳固不可以爲言者之失而蔽其善也曰敢問其言之善者
何謂也對曰所謂乘生氣者是也班孟堅曰形與氣相首尾
此精微之獨異而數之自然最爲得形法之要蓋與葬書之
言相表裏夫山川之起止合散其神交氣感備百物之情故
地形之書與觀宮宅人物者同出一原而後世楊廖之徒遂
精其能而極其變然後坤靈生息之機得乘以葬而後無失
焉蓋非殊資異識足以盡山川百物之情逆來順往旁見側
出皆得其自然之數者不足以語此則事雖鄙而理亦微矣
故其書愈多且法愈密而此三言者足以盡蔽其義蓋古先
遺語之尚見於其書者乎又問曰星天象也術家以名山豈

葬書之旨耶對曰五行陰陽天地之化育在天成象在地成
形聲色貌象各以其類蓋無物不然無微不著而況山阜有
形之最大者哉苟至理所存不必其說之皆出於古也曰直
者吾知其爲木鋭者吾知其爲火轉動者吾知其爲水而圓
之爲金方之爲土何也對曰易象乾爲天爲金爲圜因其從
革以觀其在鎔則知之矣四方形而土居其中蓋體坤而得
地之象也問者曰然則或謂人間萬事皆順惟金丹與地理
爲逆者何也對曰人有五藏外應天行流精布氣以養形也
陽施陰受以傳代也非逆不足以握神機而成變化天有五
氣行乎地中流潤滋生草木榮也絪縕上騰發光景也非逆
不足以配靈爽而貫幽明知金丹之爲逆者則生氣得所乘
之機矣夫豈一物對待之名哉又問曰今閩巫方位之說亦

得葬書之旨乎對曰論五行衰旺生克此自陰陽家事非所以求形法葬書言方在勢與形之次而近世臨川吴公刊定其書置是語於雜篇之首蓋嘗與人言方位時日無關於地理可謂得其本矣譬諸方伎家起死回生必精乎色脈之度數長生久視不出乎內外之法象蓋形氣之冶神機合變不系於方其本如此問曰然則欲知葬地之理者將即形法而求之備乎抑合陰陽家而論之也對曰是固當辨譬之人事形法其言相也陰陽其推命也有不相待者矣然言相者因百物之異形而各極其情狀以察造化之微而知吉凶必不以相人者相六畜也推命者以生年月日時論禍福吉凶猶或失之者由其爲術之本不足以範圍大化也移之以推六畜則太謬者六畜之生不同於人也夫方位之說本非所以

求地理況乎隨意所擇不得形法之眞而槩以其說加之則亦何異以虛中子平之術而推六畜以論牛馬者而論人邪又問曰然則其說何自而始術家多談之者又何邪對曰不知其所自起也贛人相傳以爲閩士有求葬法於江西者不遇其人遂泛觀諸郡名蹟以羅鏡測之各識其方以相參合而傳會其說如此蓋瞽者扣盤捫燭以求日之比而後出之書益加巧密故遂行於閩中理或然也夫勢與形理顯而事難以管窺豹者每見一斑按圖索驥者多失於驪黃牝牡苟非其人神定識超未必能造其微也方位者理晦而事易畫師喜模鬼神憚作狗馬況羈旅求合之巫惡肯改所難以艱其衣食之途哉此可爲智者道爾問者又曰理旣如是則葬書所謂反氣納骨以蔭所生者固在其術中矣何乃於奪神

功攺天命之説而所絶之若是邪對曰本骸得氣遺體受陰者氣機自然之應也然吉地不易求而求全吉者尤未易葬師嘗鮮遇遇而遇真術者爲尤鮮是其術之明晦用舍地之是非得失且懸於天而不可必今其言曰君子以是奪神功攺天命何其不思之甚乎孔子曰不知命無以爲君子豈葬書之所謂君子者乎又曰然則今之名卿大家其先世葬地多驗如執券取物至其盛時竭力以求輒無所得或反倍謬取禍豈亦分定者不可推移邪對曰不但如是而已夫家之將興必先世多潛德陰善厚施而不食其報若是者雖不擇而葬其吉土之遇與子孫之昌固已潛符默契蓋天畀之也後世見其先之鼎盛而不知所自來於是妙貪巧取牢籠刻削以爲不知何人之計則其急於擇地者亦殖私窺利之一端

爾其設心如是則獲罪於天而自促其數者多矣擇而無得與得而倍謬豈非神理之顯著者哉問曰然則大儒子朱子亦有取焉何也對曰大賢君子之事不可以常人類論古者三月而葬凡附於棺者必誠必信地風水泉螻蟻之爲患至深善腐速朽之藏如委棄於壑蓋時有定制民無得而遺焉皆昔人知之而無可奈何者伊川程子謂死者安則生人安乃自後世擇地而言其自然之應爾朱子之葬必擇地亦曰爲所得爲以自盡夫必誠必信之道而不失程子之意云爾然而君子之澤未嘗有加於報施之常則其託斯事於季通氏者又豈有所歆羡期必也哉固非可與常人類論也問者又曰死葬者生人之必有而大儒君子所爲乃後世之標準也故世之論葬地者必以朱子爲口實則仁人孝子之葬其

親地不可無擇也明矣今物理之難明者既如彼而得失之懸於天者又如此則所謂爲其得爲以盡其必誠必信之道者將何自而可邪對曰死葬以禮祭之以禮歛手足形還之葬與葬以天下一也故喪具稱家之有無夫吉地之難得豈特喪具之費而已哉先王制禮致嚴於廟以盡人鬼之情而藏魄於幽以順反原之變其處此固有道矣積善有餘慶積不善有餘殃秦不及期周過其曆祈天永命歸于有德而心術之壞氣數隨之此必然之理也聖賢豈欺我哉學士大夫秉禮以喪親本仁以厚德明理以擇術得失之際觀乎時義而無所容心則庶乎不悖於性命之常而無憾於慎終之教矣豈非先哲之志而君子之道哉又問曰然則孝經所謂卜其宅兆而安厝之者果爲何事而前輩謂中原土厚水深地

可不擇江南水土淺薄不擇之患不可勝道則將奈何對曰聖人之心吉凶與民同患也而不以獨智先群物故建元龜泰筮以爲生民立命而窀穸之事亦得用焉豈以偏方地氣之不齊而強人以所難知者哉且江南之林林總總生生化化者無有窮時而地之可葬者有時而盡也又安得人傳景純之說而家有楊廖之師哉夫道不足以公天下法不足以關後世而垂訓者未之聞也雖然有一于此葬書所謂勢來形止地之全氣者誠未易言若夫童斷過獨空缺曠折水泉砂礫凶宅之速滅亡者固有可避之道也大山長谷廻溪複嶺之中豈無高平深厚之地可規以爲族葬者雖鬼福之應無及於人而盛衰之常得以盡其天分辟如有病不治常得中醫且視委之庸巫聽其貪戾亡妄作冥暗顛覆於一抔之壤

勝也言乃鍛鍊而後從輕繫獄鍛而右枉法者無罪之人斂言
不止於思而後反覆詳求其昭反之心而庸然其罪之不
死生於勘審而輕化者由在上者讞之奏故亦自重輕大
於泰山而重化者由在上者視之重故亦自重由人之輕
所趨會則安得不輕重其死生適輕重也是故人之重在命
也從之刑用不得其當者罪無罪同歸于戮人心駭然莫知
死殊途人心始惑知所趨避則無所得不安重其性命若泰山
僉議從者會議何異曰古之用刑必得其當無罪者生
無殺辜曰緣則三代以上刑僉道而從者寬三代以下刑
加之罪而求其死其刑其殺果義乎果非義乎果無濫乎果
殺也吾嘗以事造天下而後世合何為盡心焉書之然後深
於上都邑之間朝夕之所務無非刑者夫刑故聖人之所不

威以刑而濟其威以刑而繩其下者則以刑為摘而遷
雖仁者以用刑寧失於重往往以刑而敲其勢以刑而作其
不存也謂刑不重遠近不肅也故雖仁人之議刑適於重
刑不重惡不息也謂刑不重號令不行也謂刑不重紀綱
於道上而下積於市成陵自是以來有國家者其曰舊說謂
刑有督責之刑有相收同坐之法有見知故縱之刑入半
政力行之胡亥以政於是有棄灰之刑有偶語之刑有腹誹之
非古矣至于秦而極焉商鞅倡之李斯味之趙高成之曰
爾由獄以長故王國凋道窮矣漢興十二年為十國而刑曰
體天也故曰天齊于民俾教一日不尚刑保國也故曰大教
刑所以輔德而未所謂人尚德而不尚刑也不尚刑
也孔子相魯所誅者少正卯而已不聞施刑有所殺之

扶逝以就死豈刑期無刑之道哉孔子曰道之以政齊之以刑民免而無耻道之以德齊之以禮有耻且格則人之善惡顧所以道之者何如耳又安用多殺爲且牛羊犬彘雞豚魚鱉人資焉以養生者也其於人也異類聖人之殺之猶有所不忍也而用之必以禮焉殺之必以時焉何至爲民父母視其同類曾牛羊犬彘雞豚魚鱉之不若而忍於旦旦剿之剔之誅之夷之也雖能使人屛氣股慄不能自必其性命而於國脉亦已傷矣獸窮則噬鳥窮則攫況於人乎或者不堪其毒而群起恣肆以决性命於斯須不識能盡誅之否也昔人有云刑以勢行其濫也甚勢以刑張其亡也速故嬴秦以刑懼天下傳國二世成周刑措不用歷年八百此往事之驗也自古有國者其於社稷之靈長則皆欲同周之曆其於刑之輕用則不免効秦之尤此吾每觀前史未嘗不嘆其何心也曰然則如之何而用刑曰明德義以訓之謹好尚以儀之旌善良以勸之申命令以敕之而猶有不率不悛者焉於是擇其尤無賴者誅一以儆百是之謂張其勢以德不以刑用其刑以義不以勢

正統問　徐一夔

友人周元亮其先嘗仕宋相見輒言宋事間從余涉西湖上萬松嶺訪宋氏故都籍草而坐因及於正統之說余曰言正統者以天下爲一則以正統歸之眉山蘇氏有云正統云者猶曰有天下云爾元亮曰宋之太祖既受周禪平江南平胡南平嶺南平荆平蜀至於吳越恐悚待命所未臣者獨河東一彈丸地可以謂之有天下矣比見四明陳氏著續通鑑綱

目其書太祖崩曰宋主趙某殂至太平興國四年始揭正統歸之豈非以河東未臣而以敵國例之歟余曰非也太祖之北征也嘗因河東諜者語劉承鈞曰君家與周世讐宜其不屈今我與爾無間何爲重困此一方之民承鈞復命曰河東土地甲兵不足以當中國之十一然承鈞家世非叛者區區守此蓋懼漢氏之不血食也太祖哀其言遂不致伐以此觀之則河東之不足爲正統累也明矣彼陳氏之書夫豈至當之論哉又曰或曰其說本於朱子余曰朱子之答陳安卿也曰如以正統則秦初未可當必平一六國而後在秦晉初未可當必滅吳而後在晉隋初未可當必滅陳而後在隋因言如本朝亦必并河東而後在本朝朱子誠有是說矣竊嘗觀其答問之意以謂由唐而下正統在梁梁之統在後唐唐之

統在晉晉之統在漢周氏篡漢廢湘陰公贇其父崇自立於河東則漢之統猶在河東故也據朱子之說而以當時大勢度之于秦于晉于隋是矣于宋則有可議者何以言之六國之衆可以敵秦初之秦吳陳帝有江南可以敵晉初之晉隋初之隋區區河東而欲敵宋初之宋以一敵九小大不敵昭然可見此必朱子一時答問云然非其終身不易之定論也而況太祖之生符明宗宮中之祝至其受禪因陳橋六軍之變天命人心之所屬實開三百一十六年有道之基不以正統歸之可乎陳氏之書蓋用其大父所取伏羲以來至祥興事類爲四言叶以聲韻名曰歷代紀統與其父泌倣綱目例尊紀統爲經而疏其始末爲傳以行者如曰本於朱子則是特其未定之說而以爲是非忠於朱子者如出臆見則未敢

以爲至當元亮良以予言爲是爰著于篇

土偶對

具瓊

岸海有古祠奉捍沙神者余暇日過之循其垣則惡木枓然而烏鳶噪其顛入其戶則毒草茀然而蛇虺蟠乎中有屋焉仆而不支有像焉剝而不完老巫揖而進曰是祠閱五百春秋矣嘗能以禍福恐乎人有疾必禱水旱必禱海賈涉濤往來者必禱神皆答之如響百穀歲登無蜚蝗霜雹大疫之災人既樂業至者如歸由是剪荆棘而宮室之或光怪夜見髣髴金支翠旗自天而降而日有事於是者麕至及其廢也咸玩而侮之神亦不能禍福於人豈盛衰關於造物者乎余曰噫是土木而衣冠也昔非神也而神之者人也今非弗神也而人弗之神也若何怪焉是夕宿于祠之旁有介而弁者見於夢曰吾既辱子子何毀之過邪子見吾土木而衣冠也獨不見衣冠而土木乎小而爲邑邑有令大而爲郡郡有守其爲禍福甚於神也罷軟者苟祿貪縱者敗法非守令而土木與內附百姓外尋四夷生殺繫其喜怒黜陟繇其向背執天子之柄而位百僚之首不啻神之魁然而貴者也出則陳兵而驅入則複壁而居目瞖而黑白相混耳塞而淫雅不殊非宰相而土木與吾假丹青之飾而託乎太陰使玩者有時而懼彼肖天像地握珠玉被錦繡且依倀焉尸居而鬼躁未始見德於人子奚不以誚吾者誚彼與萬金雖積不救燃臍之禍三窟徒營豈免排墻之厄吾恐棟焚而及巢燕基圯而殃穴蟻其不爲吾祠之毀者幾希余應之曰汝之所斥者似矣而非其實也昭昭者或愚皎皎者或汙安知其才足有爲而

時不可爲乎介者又曰胡廣歷六帝而無稱于時一盧懐慎
冝張華裴頠禍至而不圖一曺爽兄弟耳人物不同而同爲
土木已余無以詰覺而識其語將獻諸上懼執政者之不悦
也故尼

易範答此篇刻本皆缺　林誌

書

擬答呂相絕秦書　宋濂

昔我嬴秦實長西戎獻公不我鄙夷以伯姬歸我穆公穆公不敢忘獻公薨國內不靖群公子出奔穆公懼大國社稷之隕會齊人納惠公于晉惠公許以河外列城五東盡虢略南及華山內及解梁城言猶在耳乃即背之會晉荐饑來乞糶於我諸大夫惡惠公二三其德也欲乘饑伐之穆公則曰其君是惡其民何罪於是乎輸粟于晉自雍及絳相繼不絕未幾秦亦饑穆公文曰晉君其能恤我民矣乎遣使之晉惠公弗念穆公之施絕而弗與穆公不得已有韓原之師相從惠公而西雖然豈敢以至即改館饋七牢焉使歸于國及晉再饑穆公又篩之粟惠公薨懷公遣師軍于廬柳威靈所加孰不畏之我穆公忘已之弱使公子縶如晉師天誘其衷退軍于郇文公遂入曲沃朝于武宮呂郤畏偪將焚公宮以圖不軌穆公知之乃潛會文公于王城誘而殺之文公即位來逆夫人嬴氏穆公以晉國大臣未附俾三千人衛之以歸微我穆公惠文之能有國未可知也則是我有大勳于晉豈惟諸侯知之皇天后土實與聞焉文公當不忘我舊德戮力同心以輔王室于帶之亂天王出居于鄭使左鄢父來告難亦使簡師父以告于晉我穆公左執鞭弭右屬橐鞬親帥師屯于河上以逆文公文公恐我分其績也乃辭我師而下納王于成周殺太叔于隰城而獨受陽樊溫原攢茅之田我穆公不敢言文公自是信宣於諸侯虞夏商周之胤莫不震疊相率

而朝于晉非惡秦也文公又以諸侯之師[illegible]于鄭[illegible]
公賤文公以入欲不能自寧乎秦出師軍汜南鄭伯乃使燭之武[illegible]
來言曰與鄭[illegible]晉[illegible]而[illegible]鄭[illegible]
何[illegible]之夫晉何厭之有既東封鄭又欲肆其西封若不闕秦
將焉取之[illegible]公聞其言而說[illegible]文公[illegible]襄公[illegible]
公有事于鄭未嘗以一矢加晉[illegible]襄公[illegible]
襄[illegible]大敗秦于殽[illegible]秦[illegible]三帥[illegible]亦不[illegible]
晉大夫乃自[illegible]晉人[illegible]臣[illegible]文公[illegible]
襄公襄公不[illegible]之師又[illegible]宋陳鄭三國之師[illegible]
國中[illegible]入[illegible]曰晉不[illegible]則已乃曰事于是[illegible]
將[illegible]以[illegible]于[illegible]晉人[illegible]一介行李[illegible]
襄公理力是特又伐國而[illegible]襄公亦[illegible]晉人

以圖霸[illegible]士會[illegible]秦[illegible]公于[illegible]康公
理[illegible]公事是故[illegible]晉人[illegible]言而[illegible]
公又敗秦[illegible]又取[illegible]又戰于河曲康
公[illegible]公[illegible]亦[illegible]于[illegible]欲求成于[illegible]文不明言以
[illegible]秦[illegible]其[illegible]
公不[illegible]秦[illegible]又[illegible]于[illegible]
二三大夫曰[illegible]國[illegible]以王[illegible]相見而以盟[illegible]人之恥也
盡行[illegible]于晉亦[illegible]會于令狐而盟于河之東[illegible]血
未乾又[illegible]師于[illegible]以[illegible]文[illegible]
寡人聞之國[illegible]晉[illegible]寡人亦[illegible]
一國士[illegible]于[illegible]于[illegible]令狐之盟
是中[illegible]命[illegible]大[illegible]見于[illegible]亦

唯命寡人敢帥西方之諸侯俯伏以聽唯執事其進退之

答章秀才論詩書　宋濂

濂白秀才足下承書知學詩弗倦且疑歷代詩人皆不相師旁引曲證疊疊數百言自以為確乎弗拔之論濂竊以謂世之善論詩者其有出於足下乎雖然不敢從也濂非能詩者自漢魏以至于今諸家之什不可謂不攻習也薦紳先生之前亦不可謂不磨切也揆於足下之論容或有未盡者請以所聞質之可乎三百篇勿論已姑以漢言之蘇子卿李少卿非作者之首乎觀二子之所著紆曲凄惋實宗國風與楚人之辭二子既歿繼者絶少下逮建安黄初曹子建父子起而振之劉公幹王仲宣力從而輔翼之正始之間嵇阮又疊作詩道於是乎大盛然皆師少卿而馳騁於風雅者也自時厥

後正音衰微至太康復中興陸士衡兄弟則倣子建潘安仁張茂先張景陽則學仲宣左太冲張季鷹則法公幹獨陶元亮天分之高其先雖出於太冲景陽究其所自得直超建安而上之高情遠韻殆猶大羹克鉶不緻鹽醯而至味自存者也元嘉以還三謝顔鮑為之首三謝亦本子建而雜參於郭景純延之則祖士衡明遠則效景陽而氣骨淵然駸駸有西漢風餘或傷於刻鏤而乏雄渾之氣較之太康則有間矣永明而下抑又甚焉沈休文拘於聲韻王元長局於褊迫江文通過於摹擬陰子堅涉於淺易何仲言流於瑣碎至於徐孝穆庾子山一以婉麗為宗詩之變極矣然而諸人雖或遠式子建越石近宗靈運玄暉方之元嘉則又有不逮者焉唐初承陳隋之弊多尊徐庾遂致頽靡不振張子壽蘇廷碩張道

濟相繼而興各以風雅為師而盧昇之王子安務欲凌跨三謝劉希夷王昌齡沈雲卿宋少連亦欲蹴駕江薛固無不可者奈何溺於久習終不能改其舊甚至以律法相高益有四聲八病之嫌矣唯陳伯玉痛懲其弊專師漢魏而友景純淵明可謂挺然不群之士復古之功於是為大開元天寶中杜子美復繼出上薄風雅下該沈宋才奪蘇李氣吞曹劉掩顔謝之孤高雜徐庾之流麗真所謂集大成者而諸作皆廢矣並時而作有李太白宗風騷及建安七子其格極高其變化若神龍之不可羈有王摩詰依倣淵明雖運詞清雅而萎弱少風骨有韋應物祖襲靈運能一寄穠鮮於簡淡之中淵明以來蓋一人而已他如岑參高達夫劉長卿孟浩然元次山之屬咸以興寄相高取法建安至於大曆之際錢郎遠師沈

宋而苗崔盧耿吉李諸家亦皆本伯王而宗黃初詩道於是為最盛韓柳起於元和之間韓初效建安晚自成家勢若掀雷抉電撑決於天地之垠柳斟酌陶謝之中而措辭俊逸清妍應物而下亦一人而已元白近於輕俗王張過於浮麗要皆同師於古樂府賈浪仙獨變入僻以矯豔於元白劉夢得步驟少陵而氣韻不足杜牧之沉涵靈運而句意尚奇孟東野陰祖沈謝而流於蹇澀盧仝則又自出新意而涉於怪詭至於李長吉温飛卿李商隱段成式專誇靡蔓雖人人各有所師而詩之變又極矣比之大曆尚有所不逮況厠之開元哉過此以往若朱慶餘項子遷李文山鄭守愚杜彥之吳子華韋則又駁乎不足議也宋初襲晚唐五季之弊天聖以來晏同叔錢希聖劉子儀楊大年數人亦思有以革之第皆師

於義山全乖古雅之風迨王元之以邁世之豪俯就繩尺以樂天爲法歐陽永叔痛矯西崑以退之爲宗蘇子美梅聖俞介乎其間梅之覃思精微學孟東野蘇之筆力橫絕宗杜子美亦頗號爲詩道中興至若王禹玉之踵徽之盛公量之祖應物石延年之效牧之王介甫之原三謝雖不絕似皆嘗得其髣髴者元祐之間蘇黃挺出雖曰共師李杜而競以己意相高而諸作又廢矣自此以後詩人迭起或波瀾富而句律疎或煅煉精而情性遠大抵不出於二家觀於蘇門四學士及江西宗派諸詩蓋可見矣陳去非雖晚出乃能因崔德符而歸宿於少陵有不爲流俗之所移易馴至隆興乾道之時尤延之之清婉楊廷秀之深刻范至能之宏麗陸務觀之敷腴亦皆有可觀者然終不離天聖元祐之故步去盛唐爲益

遠下至蕭趙二氏氣局荒頹而音節促迫則其變又極矣由此觀之詩之格力崇卑固若隨世而變遷然謂其皆不相師可乎第所謂相師者或有異焉其上焉者師其意辭固不似而氣象無不同其下焉者師其辭辭則似矣求其精神之所寓固未嘗近也然唯深於比興者乃能察知之爾雖然爲詩當自名家然後可傳於不朽若體規畫圓準方作矩終爲人之臣僕尚烏得謂之詩哉何者詩乃吟咏性情之具而所謂風雅頌者皆出於吾之一心特因事感觸而成非智力之所能增損也古之人其初雖有所沿襲末復自成一家言又豈規規然必於相師者哉嗚呼此未易爲初學道也近來學者類多自高操觚未能成章輒闊視前古爲無物且揚言曰曹劉李杜蘇黃諸作雖佳不必師吾即師師吾心耳故其所作

往往猖狂無倫以揚沙走石爲豪而不復知有純和冲粹之音可勝嘆哉可勝嘆哉濂非能詩者因足下之言姑畧誦所聞如此唯足下裁擇焉不宣濂白

與許門諸友論宗法

胡翰

僕不佞獲與諸君講以文之好雖不可謂之知言然未嘗不槃于心也比見有以宗法爲問者景翰答之甚辨顧僕有不能釋然者數事夫大宗小宗之法其廢也久矣記大傳嘗載其說曰別子爲祖繼別爲宗繼禰者爲小宗有百世不遷之宗有五世則遷之宗百世不遷者別子之後也宗其繼別子之所自出者百世不遷者也宗其繼高祖者五世則遷者也說者謂別子爲公子若始來在此國者後世以爲祖繼別者謂別子之世嫡也兄弟尊之謂之小宗繼高祖者亦小宗也

又曰有小宗而無大宗者有大宗而無小宗者有無宗亦莫之宗者公子是也說者謂公子爲先君之子今君兄弟文曰公子有宗道公子之公爲其士大夫之庶者宗其士大夫之嫡者公子之宗道也說者以公子不得宗君君命適昆弟爲之宗使之宗之是公子之宗道也至於國之卿大夫有不出於公族者蓋未嘗及也而士庶人之事則文畧無所見故後世之言宗法者止於卿大夫之有采地者以禮斷之也然禮固未嘗言士庶人無宗也且使大夫或有廢而爲士庶人者其宗法亦將隨而廢乎抑否乎使士庶人有升而爲卿大夫者則於法宜得立宗矣而族之適子有宗之之道乎抑自爲後世之宗乎曾子問曰宗子爲士庶子爲大夫其祭也如之何孔子曰以上牲祭于宗子之家是所謂宗子者其卿大夫

之世適乎其有非卿大夫之世適而士之世適者其兄弟爲卿大夫遂以適士爲宗子可乎孔子曰宗子爲殤而死庶子弗爲後也或大宗之世適有絶其後者族人可繼以爲後乎抑亦弗爲後乎皆不爲後則大宗廢矣大宗既廢則族人皆五世則遷之宗也其於疏屬終不能合而爲一則所謂尊祖者得無有未盡乎百世不遷之宗其死也族人爲之服齊衰三月其母妻之死也亦然五世則遷之宗其死也當服者爲之大功九月其母妻之死也何獨無服乎後世宗法不行宋儒往往欲立小宗之法令士庶人之家祭祀有用宗子法者亦合於禮之意乎抑以古卿大夫之事而令士庶人行之得無僭乎朱子之述家禮固欲同志之士熟講而勉行也其於祭祀之禮未嘗不嚴於主人主婦之位則固寓宗子之法矣

不然則亦有可處置者乎太宰以九兩係邦國之民曰宗以同族得民其所謂得民者豈止於今記禮者之言乎將猶有可推者乎此皆所未喻也諸君講學之日久矣若不鄙而卒見教焉則幸矣

答徐大年書　趙汸

鄭村良遇後毎恨相見之晚簪盍孔艱慨思晤言惟重瞻系當卧疾解鄉時適有鄭氏便人匆匆不能具書急取黄先生行狀封寄左右凡書所欲言者何以加此不作書非有意也庚子春夏留星源山中友朋自歙至者言嘗見足下所寄書而忘却取來自是凡屬數輩求之至今年春乃始得見三復不能去手莊生曰逃空谷者聞人足音跫然而喜矣况於稽經考禮如面論者乎幸甚幸甚鄭康成三禘五帝六天緯書

之說豈特足下疑之自王肅以來莫不疑之而近代如陳陸葉林諸公其攻擊亦不遺餘力矣竊嘗究觀諸名家論著於經旨似猶有未盡者於禮意似猶有弗類者此先生所以不能已於言也雖然去古遠矣豈易言哉汸嘗歎王子雍有高才好著書文與典午氏爲婚姻勢望赫然苟非高明博洽眞有據依安能議其所短而孫仲然獨取聖證論駁而擇之其所辨證必有可觀陳史旣復不作志其書復不傳千載而下無所鏡考可惜哉是以先生行狀中凡諸經疑義皆畧存梗槩良以此也其於歷代聚訟之說雖千百一二而本源制作悉已包涵懼觀者忽而弗思爾今足下乃能反求經傳具示所疑豈非區區所望於同志者乎幸甚幸甚楊子雲曰衆言淆亂折諸聖禮家異同之說其來遠矣苟不反求於經將安所折衷乎謹按周禮述舊聞以答來貺足下其察焉經曰祀天曰祀天神曰祀昊天上帝曰禋祀昊天上帝曰旅上帝曰大旅上帝曰享上帝曰類上帝曰類造上帝曰祀五帝曰禋祀五帝皆因官屬職掌器物司存言之然其間尊卑遠近親疎隆殺異同分合有序有倫聖經簡奧無費辭非後世文字比也蓋典瑞言祀天旅上帝祀地旅四望旅四望別言旣非祀地則旅上帝別言非祀天明矣大宗伯國有大故則旅上帝及四望亦以上帝對四望言而小宗伯兆五帝於四郊四望四類亦如之始以五帝對四望言五帝卽上帝明矣旅者會而祭之之名上帝非一帝也猶四望非一方矣大宗伯禮天地四方皆有牲幣各放其器之色而詩曰來方禋祀以其騂牡四方之神卽五帝也故曰禋祀而得與天地通稱六器曰

月星辰四望不與焉大宗伯以禋祀實柴槱燎祀神之在天者以血祭貍沈疈辜祭神之在地者禋者升煙以祭之名三祀皆積柴實牲體玉帛燎而升煙以報陽也自非天神之尊者不得言禋祀明矣大司樂祀四望祭山川各有樂而五帝樂無文以其皆天神同六變之樂也又豈但與昊天上帝同禋祀同祭服而已哉雖然五帝之非人帝可無疑矣其總言上帝與專言祀天者豈無別乎其祭曰旅曰享曰類曰類造其事曰天子將出曰帥旬曰國有大故以及曰祈穀與大司樂冬日至祀天神於圜丘夏日至祭地示於方澤孔子謂之大郊者其於尊卑遠近親疎隆殺之節亦辨而詳矣若來書所謂天與帝爲一惟兼言分言有異則經中神號祭名禮物徒異同而已矣先王制爲一代大典豈爲是辭費以來後世

之紛紛乎大宗伯禮四方主作六玉言小宗伯兆五帝主建神位言足下謂大小各從其類決五帝爲人帝非經旨也夫五行之神爲五帝而大皥之屬配焉亦云帝此孔子問諸老聃而告季康子者也公羊子曰自內出者無匹不行自外至者無主不止此郊之所以尚配也今將迎氣於郊而廢其所配者主其配者大皥以降雖有功德亦人鬼也人鬼豈能司天時而布五氣者乎陳祥道楊復齋之言曰天有五行四時則有五帝帝者氣之主也果以五人帝爲王帝則人帝之前其無司四時者乎朱子又謂凡說上帝者總昊天上帝與五帝言之意與陳氏同諸公雖不主康成至此亦不能異也足下豈弗考乎王制祭天地之牛角繭栗宗廟之牛角握此天神人鬼之別也國語曰郊禘之牛角繭栗謂郊爲禘而牲無

異文此所謂禘非人鬼之祭矣又曰凡禘郊祖宗報五者國之祀典也加之以社稷山川三辰五行而別不言祭天地則韋昭註禘爲圜丘不誣也祭法以禘郊祖宗對舉言之與國語同則四者皆大祭而事體相似可知其四代配食之帝一以先後爲次則四大祭者輕重必有差矣王氏謂禘者宗廟之殷祭而郊爲圜丘祀天以其序言則先廟而後郊廟言人鬼而郊不及天神以其實言是重祖以配天而輕所自出之帝惟廟享也又謂祖宗乃二廟不遷之名是禘郊以祭言祖宗以廟言也大廟之不遷又非世室比顓頊之於夏契之於商其廟視周文武世室亦可同倫乎二世室一曰祖一曰宗可乎此毋論禮意如何古人制言有序名物以類必不如是之舛駁弗倫也六天之神陰主化育著爲星象下應人事北

辰中居御極而五帝隨天運轉以散精布氣於四時與開闢之初五天之精感爲帝王之祖皆非有得於化原有見於古初者信不足以及之然中垣太微昭布森列不可誣也況周人立閟宮以祭姜源大司樂享先妣序於先祖之上則南郊祀感生帝何必異乎緯書焚於隋河圖洛書至宋始大顯使無陳邵二公亦妖妄之類耳學者初不見全書往往望風詆排先生嘗謂恐尚有如圖書蓍策之數在其中可謂惡而知其善者矣孫仲然遠矣安得起陳林諸君子而質之然先生論宗廟之禘與鄭氏三禘亦不苟同行狀中可見其謂成王以殷禮祀周公因詩言白牡以辯明堂位之誣也足下延取何休氏周公生有王禮之云誣斯甚矣魯郊非禮春秋所書非一端但非成王賜之耳其謂魯禘文王於周廟者因魯有

時可達左右臨楮馳神不宣

與宋景濂

初夏已熱伏惟講授優暇尊候動止多福前月中承王總制處傳至所與陶伯仁書捧領忻懌汸今春準擬一訪陶公婁傷風寒腠理不實恐途中又增外證累其本病一向畏怯竟未嘗往謹藏龔尊翰以爲後期也春秋屬辭錄梓近畢工敬奉一部求校正前輩文字板行後刊修者多矣幸勿謂已刻之書而吝於指摘也不肖自少即患體羸心弱拙於記且不耐勞說是書每舉一例必干涉全經全傳而近年以來阨於疾病旣倦檢閱尤憚思索是以因循歲月未能脫藁所望於鄉先生以校正之助者有二人汪德輔妙年以此經發解嘗著胡傳纂疏出入五十餘家老於春秋者也朱允升素留意

經學且嘗同見黃先生得其著書大意亦嘗集諸家說爲春秋傳近者汪公學者抄屬辭諸小序去乃畧無所可否比相見索觀盡數葉寘書笑云義例交錯易使人昏蓋平日不作如此討論也朱先生初見舊作集傳序文即云春秋之說定於此矣然辭從主人及日月之法始皆未能信後見屬辭乃手鈔一部點抹甚精脫誤處亦時竄定然而所慮者明經之士未必人人脗合如此公則不但無可否而已也是以深有望於先生焉其纂述大意別幅求教印可一言弁于書首雖苟不拒然必詳賜考證視其書果足以讐其意志然後可以着筆或有未是且容證定耳昔止齋作後傳自謂身後之書令汸乃親見刻梓蓋有其說劉道原通鑑外紀成時病眼病瘡不寐不食因思李弘基用心過苦積年疾病而藥石不繼

[illegible]

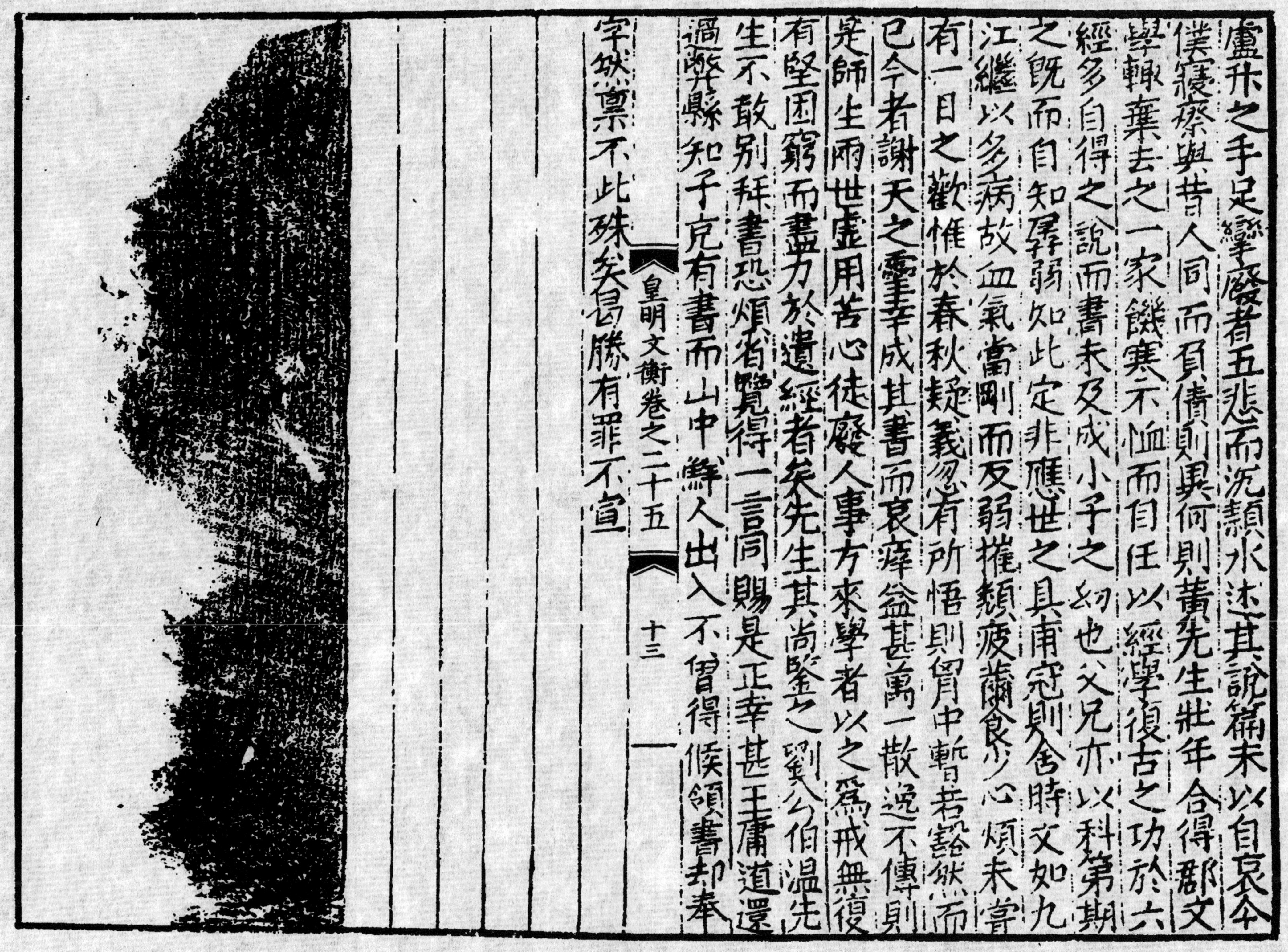

盧升之手足攣廢者五悲而沉潁水述其說篇末以自哀今僕寢瘵與昔人同而負債則異何則黃先生壯年合得郡文學輙棄去之一家饑寒不恤而自任以經學復古之功於六經多自得之說而書未及成小子之幼也父兄亦以科第期之既而自知孱弱知此定非應世之具甫冠則舍時文如九江繼以多病故血氣當剛而反弱摧頹疲薾食少心煩未嘗有一日之歡惟於春秋疑義忽有所悟則胷中暫若豁然而已今者謝天之靈幸成其書而哀瘠益甚萬一散逸不傳則是師生兩世虛用苦心徒廢人事方來學者以之爲戒無復有堅困窮而盡力於遺經者矣先生其尚鑒之劉公伯溫先生不敢別拜書恐煩省覽得一言同賜是正幸甚王庸道還過弊縣知子克有書而山中鮮人出入不曾得候領書却奉字然稟不此殊矣曷勝有罪不宣

書

與王侍御書

徐一夔

前年冬執事自漳州被召纂修元史去年二月道過錢唐時僕亦自天台襄事而還天遂良覿解后於候潮門憧憧往來之地握手道間閭外執事以使者催促之亟僕亦不得從容聽教不勝怏怏分手之後僕以連歲奔播之餘生事寥落且有寒濕脚疾之苦遠適海隅覓一館穀之地聊用養痾旋聞文佩至　京擢居次對之職與金華宋公同領總裁之命歆豔歆豔

今上甫革元命即取十四帝一百六十三年之事修成一代不刊之書所謂國可滅史不可滅者於今見之甚盛典也而執事援自常調用稱其材然亦不可不謂之千載一遇去冬有[illegible]人來自京云置局以來未滿一歲自元太祖至寧宗一十三朝一百三十七年之事悉已本據實錄修成上進局中秉筆之士或已授官或已還山去矣獨順帝一朝三十六年之事以無實錄可據分遣使者搜訪故都圖籍列郡文移有關於三十六年之政體者俱收並錄以備採擇足成一代之書適者縣吏踵門傳致浙省官僚之命云　朝廷以史事見徵蓋以此也且云執事以僕為善敘事薦之當路夫為總裁薦人以預纂修此固其職向者道語之時執事不以僕為不材已欲引而置之纂修之列僕固嘗敷露情實以辭之矣今執事又何為而有意於區區不材且病之人也竊嘗思之近世之論史者以謂莫切於日曆日曆者史之根柢也自唐長

壽中史官姚璹奏請撰時政記元和中韋執誼又奏史官撰
日曆日曆之設雖曰權倖用事姑以是爲創業之具其法以
事繫日以日繫月以月繫時以時繫年猶有春秋之遺法而
起居注之設亦專以甲子起例蓋記事之法無踰此也往宋
極重史事日曆之修必諸司關白如詔誥政令則三省必錄
如兵機邊事樞庭必報百官之拜罷刑賞之與奪臺諫之論
列給舍之繳駁經筵之論答臣僚之轉對侍從之直前故事
中外之囊封匭奏下至錢穀甲兵獄訟造作凡有關於政體
者必隨日以錄此日曆之所以不可忽也然又慮其出於吏
牘未免訛繆或一日之差則後難改定一事之失則後難增
補此歐陽公所以猶慮日曆或至遺失奏請歲終監修宰相
點檢修撰官日所錄事有隳官失職者罰之其於日曆愼重

如此日曆不至遺失則後日會要之修取於此他年實錄之
修取於此百年之後紀志列傳取於此此宋氏之史所以爲
精確也僕之所陳固執事之所熟知有不待於贅說者而僕
自有知頗識元朝制度文爲務從簡便且聞史事尤甚疎畧
不置日曆不置起居注獨中書置時政科以一文學掾掌之
以事付史館及一帝崩則國史院據所付修實錄而已尚幸
天曆間詔修經世大典虞公集依六典爲之一代之典章文
物稍備其書止於天曆而其事則可備十三朝之未備前局
之史既有十三朝實錄可據又有經世大典可以參稽一時
預於纂修之士凡若干人餘人雖不盡識如胡仲申陶中立
趙伯友趙子常徐大年輩又皆有史學其成此十三朝之史
不難矣今夫順帝一朝三十六年之事既無實錄可據又無

叅稽之書惟憑採訪以足成之竊恐其事未必覈也其言未必馴也其首尾未必貫串也雖執事高材卓識提綱挈領有條而不紊有如向之諸公或受官或還山既各散去而欲不材且病如僕者承乏於後誠恐不能化臭腐爲神奇以副執事之意有司不容見辭逼上道舟至嘉興驛賤疾大作行步不前謹令侍生奉狀上達左右乞賜矜察言之當路別求有史材者成此盛典不備

答梁孟敬書　　　劉永之

僕自屏居山谷絶罕人事乃得留意於經籍而獨學之寡陋講貫之無徒日乃以所爲春秋本旨序呈之左右冀有以警策而正諸及奉還示大獲所望詞累數百言若將有取於愚瞽之作而教以其所弗逮者謹受賜矣然蒙固之見有未盡暴白而明諭之旨有不可不復者敢畧布之以終大貺爲執事之言曰諸如或日或不日稱爵稱人名之字之王之稱天以否諸侯之列序以否大夫之登名以否皆因史之舊非聖人之意之所存三傳之要諸說之鑿朱子之駁之爲審又曰信公穀之過求襃貶之詳未免蹈先儒之謬此胡康侯之失也凡此所論度越老生宿師萬萬無疑又曰夫子言知我惟春秋罪我惟春秋知之者知其明王者之法也罪之者罪其彰亂逆之跡也夫春秋之爲春秋明王法彰亂逆誠聖人之旨也然謂因魯史之文而筆之傳之其小有乖訛則脩之完之使觀者有所勸沮而王法由諸而明亂逆由諸而彰則可也若謂損益乎魯史而明之彰之則弗可也夫聖人者豈盡異於人哉其德則聖人也其不幸而不得其位則循夫人之

子也時無明王設知宗子待之者曰季孟之間則猶夫人之臣也而所事之君則荒君也其君之卿大夫則僭室也以猶夫人之臣子而立乎荒君僭室之朝而私損益其國之信史而明王法而彰亂逆無乃弗可乎夫今之與古遠矣而其理弗異也設使有一孔子生乎今之世立乎今之朝非君之命與其職守而取今之國史而損益焉予奪焉褒譏焉而公示之人其乃不爲僇民者鮮矣聖人對陽貨則謹諾之過宋而微服焉居其邦不非其大夫其自稱曰述而不作信而好古夫豈以其聖而敖當世乎哉蓋方是時各國之史亦莫不有人焉其立辭也亦莫不有法焉趙穿之弑逆也而書曰趙盾弑其君則晉史之良也崔杼之弑逆也大史死者三人而卒書曰崔杼弑其君則齊史之良也之二國者有二良焉而況

於魯有周公之遺制以秉禮之臣者乎是故法之謹嚴莫過於魯史其屬辭比事可以爲訓莫過於魯史且當世之治亂盛衰可以上接乎詩書之跡莫過於魯史是以聖人有取焉謹錄而傳焉以寓其傷周之志焉其知者曰是不得已焉耳其不知者曰是匹夫也而暴其君大夫之惡於天下後世故曰知我者將在是罪我者將在是亦聖人之謙辭云耳夫豈曰改周制寓王法而託二百四十二年南面之權之謂哉僕故曰謂因乎魯史而筆之傳之而王法由諸而明亂逆由諸而彰可也謂損益乎魯史而明之彰之則弗可也言之重辭之複必有大美惡焉此先儒之說也執事取之故曰首止之會盟葵丘之會盟皆再書焉是美之大而詳其辭也稷之會曰成宋亂劉單以王猛居于皇尹氏立子朝而先之以王室

亂皆複言焉是惡之大而詳其辭也抑嘗考之蓋史策之實錄而其紀載之體異焉耳其凡有五有據其事之離合而書之者有重其終而錄其始者有重其始而錄其終者有承赴告之辭而書之者有非承赴告辭聞而知之而書之者此五者其凡也而皆所以紀實也或會而盟盟而同日是會之與盟合而爲一事矣或會而盟盟而異日是會之與盟離而爲二事矣合而一事則同書離而二事則異書固當然也夫首止之與葵丘也皆夏之會而秋之盟是離而爲二事矣故再書焉此據其事之離合而書之者也踐土之會美矣而盟不異書同日也平丘之會無美焉而盟則異書異日也皆實之紀也非美之大而詳其辭也將書其取鼎也於稷之會則始之以成宋亂此重其終而錄其始也既書曰宋災伯姬卒也

於澶淵之會則終之以宋災故此重其始而錄其終也會未有言其故者於之二者而言之特以明其所重也他如書寔來則先言州公如曹書齊侯伐北燕則遂書暨齊平皆是物也子朝之亂叔鞅至自京師而言之未知其孰是焉故曰王室亂此非承赴告之辭聞而知之而書之者也劉單以王猛居于皇則來告矣敬王居翟泉而尹氏立子朝則來告矣此承赴告之辭而書之者也他如程子之傳例有曰將卑師少例書人此承赴告者也不知將帥名氏多寡亦書人此聞而知之者也皆實之紀也非惡之而詳其辭也曰言之重辭之複必有大美惡焉者先儒之過也且夫其名也著乎簡冊其跡也昭乎萬世不必言之重也而皆知夫首止之爲美矣不必辭之複也而皆知　天稷之爲惡矣故曰因乎魯史而筆之

傳之而王法由諸而明亂逆由諸而彰也程子曰春秋大義數十炳如日星乃易見也其微辭隱義時措得宜者爲難知也夫所謂炳如易見則然矣其曰隱微而難知果何謂哉聖人將昭大辨於萬世顧乃有隱微難知之義是未免蹈前儒之失也杜預曰言高則旨遠辭約則義微程子蓋之則所謂微隱者猶是矣然則易之象繫將非聖人之制作乎論語之答問將非聖人之言詞乎何彼之平易顯白而此之微隱難諭僕之愚不敢以爲然也雖然程子之傳有舍乎褒貶予奪而立言者則非先儒之所及也若胡康侯之學術正矣其論議辨而嚴矣其失則承乎前儒而甚之者也朱子嘗曰有程子之易又曰可自爲一書謂其言理之精而非經之本旨也若胡氏之春秋其自爲一書焉可也夫時有遠近則史有詳畧

史有詳畧則辭有同異此甚易曉也若自文以上日食有不書日者文以下悉書日焉自文以前君行八十書至者十七文以後君行九十書至者六十四是也執事所謂隨時而觀經此識者也而公羊子曰所見異詞所聞異詞所傳聞異詞何休曰所見之世恩其君父尤厚故多微詞焉所聞之世思王父少殺故諱亦少殺焉所傳聞之世思高曾又少殺故弗之諱焉甚乎其陋矣陳傅良曰隱桓莊閔一書法也僖文宣成一書法也昭襄定哀一書法也夫不曰史之有詳畧而曰聖人隨其時而異其書焉其賢於公羊者幾希大較說者之失有三焉經之過也信傳之篤也不以詩書視春秋也其尊之也過則曰聖人之作也其信之也篤則曰其必有所受也其視之異乎詩書也則曰此見諸行事也此刑書也夫以爲

聖人之作而傳者有所受則宜其求之益詳而傳合之益鑿也以爲見諸行事以爲刑書則宜其言之益刻而煆鍊之益深也已以爲美則强求諸辭曰此予也此褒也聖人之微辭也或曰聖人之變文也一說弗通焉又爲一說以護之一論少窒焉又爲一論以飾之使聖人者若後世之法吏深文而巧詆蔑乎寬厚之意此其失非細故也今僕之愚曰其文則魯史其義則彰善而癉惡與述而傳於後則以删詩定書贊易同其狂僭而爲傳也則直釋其義其善者曰如是而善其惡者曰如是而惡無褒譏予奪之說其區別凡例則主程子其綱領大意則主朱子其三傳則主左氏以杜預說而時褻其繆妄其諸家則無適主取其合者去其弗合者如是而已竊以謂使聖人因乎魯史焉則愚之說固已得矣使聖人而自作焉亦當據事而直筆之必不爲先儒之云則愚之說亦蔑甚乖剌焉其自信者如此然猶以其考之也未浹洽焉其講之也未貫通焉姑優柔之而姑反覆之寬之以歲月而後可就也日序之言不足以盡意而明諭之懃懇不敢不復而辭不可殫也輙言其大都如此於戲舍執事其亦曷言之而曷聽之乎超卓之識特達之見尚克示之幸甚幸甚

答程伯大論文　朱夏

古今能言之士孰不欲雄峙百代之上而垂聲乎百世之下哉然而卒抱奇志而不見泯泯以老死者何其多也豈非才識之不逮故不能成一家之言以至此耳三代之後卓然成一家之言者才十數人而止其餘皆磨滅澌盡則信乎得之於天者非超然而不群則難乎其以文華自命矣比辱賜書

大抵未能達夫雄深雅健之作而務爲浮薄靡麗之文而已此甚不可也僕聞古之爲文者必本於經而根於道其紀志表傳記序銘賛則各有其體而不可以淆焉而莫之辨也至其發言遣辭又奚以剽賊爲工哉今不本於經不根於道而雜出於百家傳記之說則其立論不自其大而自其細固已自小矣尚何能與古人齊驅並駕哉老蘇之文頗挫曲折蒼然鬱然巉刻峭厲幾不可與爭鋒然而有識之士猶有譏焉者良以其立論之駁而不能盡合乎聖人之道也今無蘇公之才而立論又下蘇公遠甚則何望其言之立而不朽耶古之用兵其合散進退出奇制勝固神速變化而不可測也至其部伍行陣之法則繩繩乎其弗可以亂爲文而不法是猶用師而不以律矣古之論文必先體製而後工製譬諸梓人

之作室也其棟梁榱桷之任雖不能以大相遠也而王公大人之居與浮屠老子之廬官司之署庶民之室其制度固懸絶而不相侔也使記也而與序無異焉則庶民之室將同於浮屠老子之祠亦可乎鑄劒而肖於刀且猶不可斲車而肖於舟不猶以爲迂且拘乎韓子之於文也惟陳言之務去今雖全未能如韓子亦宜少刋落矣乃悉古書奇字而馴集鱗次焉不幾於天吳紫鳳顚倒短褐也邪蘇子謂錦繡綺縠服之美者也然尺寸而割之錯而紐之以爲服則綈繒之不若今先生乃欲集群英以爲華爲好其亦異於作者之見矣世有窶人爲覩其鄰之富也日夜攻鑽而剽之幸而得其貨寶財賄以爲得計矣一日徼者獲之則薾然溢也而至死不悔且役役焉割裂而綴輯之則其氣固已薾然矣又何能渾浩

如江河而有排戛之力哉故夫蘭苕翡翠文鳥覩夫掣鯨也
且古之爲文非有心於文也若風之於水適相遭而文生也
故鼓之而爲濤舍之而爲漪蹙之而爲縠澄之而爲練激之
而爲珠璣非水也風也二者適相遭而文生也天之於物也
獨不然乎纖者穠者冊者巠者莫不極其美麗而造物者豈
物物而雕之哉物各付物而天下之巧莫加焉彼有昧於此
者三年而刻葉且文猶樂也太古之音和平雅淡而風俗以
淳人心以正桑間濮上淫哇煩趣而人心風俗蕩而忘返使
先生而與聞制作將安取乎則何獨疑於文也先生教之曰
苟無毛嬙西施之美質則不能不借夫粉黛之假以掩其陋
是朽木可得而雕糞土之墻可得而圬矣無蓋天下知其惡
也被珠璣曳羅綺不足以欺天下之目使天下而皆瞽也則

可奈之何天下之不皆瞽也先生殆未覩夫正色也先生又
謂吾五常論其猶玄耶太玄擬易而作然易出於造化之自然
而玄也者出於智慮之私而已故不能免夫牽合艱難之能
先儒固已議其勞且拙矣故今去雄千餘年而卒無好之者
今先生乃欲著書以擬玄吾恐其不堪爲覆瓿用矣先生又
謂吾嘗作詩命其集曰胡盧且嘗論詩序言詩之用若彼其
博也而先生直以資人之笑視古詩之風亦少貶矣此亦好
恠之過也先生卒教之曰其觀吾文也還以一言庶有以知
君子之是是非非也宋之季年文章敗壞極矣遺風餘習入
人之深若黑之不可以白當此之時非返之則不足追乎古
先生之心自以爲過之矣而烏知其異於彼也先生之文始
欲其奇也而卒以拙始欲其麗也而卒以惡始欲其雄也而

卒以弱其風格言論莫不叛於古矣則亦難乎撫而言之矣且先生既與吾異則僕雖言之而無當於其心矣僕欲挽先生於迷途則願悉吐出其中之蘊取韓孟文日夜誦之覺已之見與向者異焉然後一吐其辭庶有合乎僕於學廢棄之日常多加以怠惰不力然於作者之風致竊有見焉故敢畧陳其說其然之耶其不然之耶迷悟之機判於此矣幸毋忽

與鄭仲辯書　　方希古

去年王仲縉至蜀承手帖喻以近讀佛書自遣心切疑之以爲特戲言耳及朝京師於一初處見所往還書援佛氏之說甚詳向慕於彼者甚至然後知足下之果入於佛也夫儒者之道內有父子君臣親親長長之懿外有詩書禮樂制度文章之美大而以之治天下小而以之治一家秩然而有其法

沛然其無待於外近之於復性正心廣之於格物窮理以至於推道之原而至於命循物之則而達諸天其事要而不煩其說實而不誣君子由之則至於聖賢衆人學之則至於君子未有舍此他求而可以得者也足下學乎此也久矣曷爲一旦棄素所習而溺於佛氏之云邪苟以佛氏倫理之懿爲可慕則彼於君臣父子夫婦長幼之節舉無焉未見其爲足慕也苟以其書之所載爲可喜則彼之說必不過於吾堯舜禹湯文武周公孔子之格言大訓未見其爲可喜也苟欲以之治心繕性則必不若吾聖人之道之全苟欲以之治家與國則彼本自棄於人倫世故之表未見其爲可用也故世之好佛者吾舉不知其心之所存使棄儒從佛而果能成佛猶不免於惑妄畔教之罪況學之者固逐逐焉以生昏昏焉以

死未嘗有一人知其所謂道者邪以足下之明智篤厚不於吾道有得焉而顧彼之趨不亦異乎足下習其說者果出於誠心乎抑亦姑以爲世俗好之吾亦從而好之以取庸衆之喜悅乎由後則自欺不可也由前則事其說必當從其教必去夫婦父子兄弟之倫必削髮被緇必水飲草食而後可不能如是則是口其書而身違之外好其說而心誠亦不可也夫不習佛氏之說於道固無所不足習其說而不誠自欺非惟得罪於吾之道而反且得罪於佛亦何所利而爲之也近世從佛氏者甚衆未有得福者有一人焉嘗識之初頗好儒旣而著書佐佛氏斥儒已卒死於禍計其人慕佛氏冀福利福不可冀而禍及其躬是未易曉也得非不誠抑且自欺故不蒙祐而獲罪於天邪禍福之報儒者所不論特閔其欲徼

福而反致禍亦可爲不守正而妄求者之戒耳計足下之卓於識而深於道豈眞若世俗徼福之徒之爲哉蓋世之儒者當年壯氣銳之時馳騖於聲利用智惟恐不工操術惟恐不奇及五六十之年顚頓於憂患顧來日之漸短悼往事之可悔於是覽佛氏空寂之音而有當於心遂委身而從事焉以爲極明達而最可樂者莫佛氏之書若也雖昔之賢豪以氣雄天下以文冠百世如蘇子瞻諸公亦不免乎此後人習俗以爲宜然且謂以前人之智識才氣猶以佛氏爲可慕而歸之矧不及萬萬者而可不從乎然以道觀之凡有慕於彼者皆無得於此者也足於粱肉者無慕乎糠糜安於廈屋者無慕乎苫廬使有得於聖人之奧其樂有不可旣者窮通得喪死生之變臨其前視之如旦夜之常而何動心之有奚必從

事於佛而後可以外形骸輕物累哉舍可致者而不求援不可必得而求之既以自欺又畔乎吾道惑莫甚乎斯也昔與足下論吾道時僕年方二十三固已知吾道之有餘而無待於外物時不知者多竊笑之及今十有五年愈覺聖人之訓爲不我欺而擧天下之道術果無以易之也每見流於異端者輒與之辯非好辯也閔夫人之陷溺而欲拯之於安平之塗誠不自知其過慮也以故爲佛氏者多不相悅方期與足下共進斯事以衛聖人之教豈意足下亦有慕於彼乎今有人言行路之人墜於井心雖閔之未必傍徨奔走而思救之也聞至親且賢之人墜於井則不暇食息狂呼叫號而思出之矣親愛之故也與足下相與之舊而德器宏深交友中不可多遇烏能已於言而不以告乎僕今年三十七足下當六

十矣相違十餘年相去萬餘里之遠使足下所慕得其正僕將有以佐而翼之而何敢逆盛意而取不讓之責乎蓋必有所甚不得已者亮足下之賢必能察之而未至於深怒遽絕也數百年禮義之門而足下於今爲老成人在乎愼重學術以表厲後生非特僕之望斯世之望也僕守一官無分寸補世教近髮有白者面已皺筋力漸減飲酒不敢如昔者惟自覺有過每應事已時時悔之恃此頗謂尚可進未知天之處之者何如耳如有所得聞幸速以見教是亦爲報之道也

與趙伯欽

僕求友於四方十餘年可友者衆矣於同郡得一人焉曰林公輔尤僕之所敬者公輔氣高而才敏於人愼所推讓視古人行行然有不滿之色前與僕書獨稱足下與陳原采之文

僕固已知足下非流俗人可及近入城公輔說足下尤詳公輔之友張廷璧僕不見之七八年其人奇偉不肯苟伏人至語及足下必稱善因二子而求足下之所造心已傾之久矣今乃承惠書爲論甚大爲辭甚達卓乎有瞻視前古之意反覆翫繹嘉二子之確於取人喜吾鄉之士果有足望氣發乎中而見乎外如獲大呂九鼎而載之以歸也僕嘗怪近代道術不明士居位則以法律爲治爲學則以文辭爲業聖賢宏經要典擯棄而不講百餘年間風俗汙壞上隳下乖以至于顛危而不救者豈無自也哉私誠恨之不自知其不肖亦欲有所發明損益以表著于世而習俗卑下學者梏于舊聞不復知有學術竊竊詡詡苟且自恕或有志而才不足有爲或才高而沉溺不返可與言斯事者惟公輔耳公輔每與僕言未嘗不歎朋友足望者之少而有意於足下也書之所陳謂近世之文辭不能比隆於唐宋而有取於僕僕無能之辭豈能過於近世哉使眞有以過乎人則亦藝焉而已耳足下安取乎且近世所以不古若者足下知其故耶非其辭之不工也非其說之不詳也以文辭爲業而不知道術雖欲庶乎古不能也知道若行路然至愈遠則見愈多愈多則言自異今有至于窮谷者言其所見則不過泉石樹木禽獸蟲魚之狀而已比之遊乎雄都巨邑者見宮室之壯麗車馬之蕃庶人民物產之瓌異變怪其言豈不有間哉故聖賢之文辭非有大過於今人其所以不可及者造道深而自得者遠雖恒言卑論亦可爲後世法非若後世剽襲以爲說者之淺也唐之諸儒惟韓子爲近道其他俱不若宋宋之士以言乎文固未

必盡過乎唐然其文之所載三代以下未之有而漢何足以方之今人多謂宋不及唐唐不及漢此自其文而言耳非所謂考道德之會通而揆其實也僕嘗謂求學術於三代之後宋爲上漢次之唐爲下近代有愧焉斯道之盛衰其端微矣非明識睿達者何足以知之足下何知之蚤邪雖然足下論近代誠當矣抑僕猶有說焉世俗之患忽見而尊聞己之識即不能決是非醇駁互相承傳以白爲黑者皆是也足下言之而僕聽之則謂足下爲知言士矣所與交者或與僕之見異無乃以足下爲方人好高而爲驚世之論乎雖然君子之所守不以毀譽而變苟慎於言而敏於行以古之聖賢爲準不與近代較崇卑得失則古人且將畏足下近代安足並乎文僕之爲吾鄉喜者寧獨若今而已乎久不接清光感足下見厚聊以此奉報諸文尚未獲見適有疾不能躬書惟恕察

與方正學書　王叔英

僕與執事別十餘年其間情慕之淺深書問之達否曰事之細者耳姑置之不足道也惟執事之身繫天下之望士之進退天下之幸不幸與焉側聞被召計此時必已到京獲膺大任矣茲實天下之大幸也故敢有說以進於左右焉凡人有措天下之才者固難自用其才者尤難如子房之於高祖能用其才者也賈誼之於文帝未能自用其才者也何則子房之於高祖察其可行而後言言之未嘗不中高祖得以用之而當時受其利故親如樊呂不可得而間信如陵勃不可得而非任如蕭何不可得而奪此子房所以能自用其才也賈誼之於文帝不察其未能而易言之且又言之太過故大臣

絳灌之屬得以短之於是文帝不能獲用其言此賈誼所以
不能自用其才也方今
聖天子求賢用才之意上追堯舜固非高祖文帝可比而執
事致君澤民之術遠方臯夔亦非子房賈誼可倫真所謂明
良相逢千載一時者也將見吾
君不問則已問則執事必能盡言執事不言則已言則吾
君必能盡用致斯世於唐虞雍熙之盛者在是矣豈非天下
之幸歟雖然天下之事固有行於古而亦可行於今者亦有
行於古而難行於今者如夏時周冕之類此行於古而亦可
行於今者也如井田封建之類可行於古而難行於今者也
可行者行之則人之從之也易難行者而行之則人之從之
也難從之易則民樂其利從之難則民受其患此君子之用
世所貴乎得時措之宜也執事於此研諸慮而藏諸心者非
一日矣措之猶反掌耳尚何待於愚言之贅哉然僕聞知者
千慮必有一失愚者千慮必有一得故不能無言於左右耳
夫人情愛其人之深而慮其患之至者必救其失於未患之
先苟待其既失而後救之是乃愛之淺而慮之疎也其得為
忠乎天下知執事之深愛執事之至如僕者固多矣竊謂忠
於執事未能有過於僕者伏惟少垂察焉